いのちの俳句鑑賞

橋本喜夫

Hashimoto Yoshio

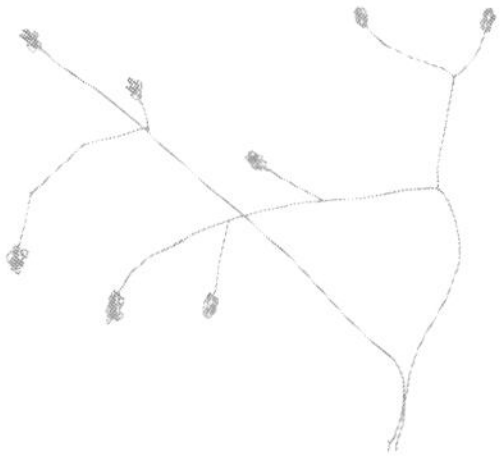
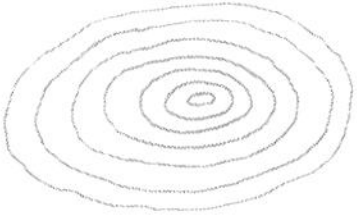

書肆アルス

いのちの俳句鑑賞

目次

装幀　井原靖章
装画　井原由美子

いのちの俳句鑑賞

春の句

人に死し鶴に生れて冴え返る

夏目漱石

（『漱石全句集』所収）

漱石らしいニヒリズムと冷徹な目で輪廻転生を詠んだものであろう。人として生まれて存《なが》えて、死んでゆき、鶴として生まれ変わって、それでも冴え返って生きてゆくという内容だ。「冴え返る」は立春が過ぎてようやく春めいた頃にぶり返す寒気のこと。早春の寒さとしては「余寒」「春寒」と同様であるが、「冴える」という言葉から、寒気を感じさせる色や光が立ち上ってきて、より感覚的な表現である。たとえ鶴として生まれ変わったとしても「冴え返る」人間の性からは離れることができない。坪内稔典は『俳人漱石』という著書で「冴え返る」について、正岡子規の〈冴え返る音や霰の十粒程〉がこの季語を音で十全に捉えた句であるとしたら、漱石のこの句は「冴え返る」を一幅の絵にしたような、視覚で十全に表した句であると述べている。子規の影響で俳句をはじめた漱石は英国留学のあと神経を病んでいた。俳句、連句をすることで回復し、『ホトトギス』へ「吾輩は猫である」を発表し、一躍小説家としての地位を確立した。その後は余技として俳句を作る。〈凩や海に夕日を吹き落す〉〈菫程な小さき人に生れたし〉〈有る程の菊抛げ入れよ棺の中〉〈手向くべき線香もなくて暮の秋〉などが代表句。

わかさぎは生死どちらも胴を曲げ　宇多喜代子

（『宇多喜代子俳句集成』所収）

ワカサギ（公魚）はサケ目キュウリウオ科に属する魚。よく湖に穴をあけて釣るが、最盛期は網によって獲ることもある。春の季語である。北海道、東北では「ちか」として知られ、子供のころから釣りと言えば一番思い出のある魚である。私の故郷、霧多布《きりたっぷ》湾では、岸壁に着氷したら穴をあけて毛バリで釣る。それこそ、子供でも簡単に入れ食い状態で釣れる。寒いことを除いてはとても楽しい思い出だ。毛バリなので一度に三～五匹釣れることも多い。竿を振ると、氷上にぽとぽとと釣れた「ちか」が落ちる。足元で飛び跳ねて、生きているものもすでに絶命したものも、胴を曲げた状態で凍ってゆく。瞬間冷凍で、これを料理するとすこぶる美味である。天ぷらにしても刺身にしても、バター焼きにしてもいける。我々は生きるために命を頂いているわけであるが、掲句はわかさぎの生死を冷徹に写生している。そこには深刻さも残酷さもない。

うすらひは深山へかへる花の如

藤田湘子

（『春祭』所収）

湘子代表句の一つである。「うすらひ」は明治以降に春の季語となった。暖かくなると、平地で「薄氷」は張らなくなり、徐々に標高の高いところだけで凍る。しばらくして春が深まってくると、そのあとに咲く花（桜）もまた、薄氷と同様に、平地から高地へと移ってゆく。あたかも聖火リレーのように。

掲句は「うすらひ」と「花（桜）」という微妙に旬のずれた二つを一句に詠みこんで詩が生まれた。薄氷も桜もだんだんと深山へ帰ってゆくように、標高の高い地域へと凍り、そして咲き継ぐのだ。季語はあくまでも「うすらひ」であり、花は比喩として表現されている。「うすらひは」の助詞「は」が大変有効に働いている。俳句で「は」は使い方が難しいが、掲句はそれが最も冴えている名句の代表だと私は思う。句意としては「薄氷は深山桜と同じように、だんだんと高地へ移ってゆく」ことを述べたのみであるが、湘子の典雅な美意識が見事に表現・凝縮された一句と言えよう。

作者は「鷹」を創刊・主宰。〈愛されずして沖遠く泳ぐなり〉〈筍や雨粒ひとつふたつ百〉〈月明の一痕としてわが歩む〉などを残して二〇〇五年没。

春燈にひとりの奈落ありて坐す

野澤節子

（『未明音』所収）

〈われ病めり今宵一匹の蜘蛛も宥さず〉（本書114ページ）同様、作者自身の中に潜む深い心の闇を詠んだものである。この作品は昭和二九年詠。病気（結核）は闘病期から回復期を迎えつつあった。まだまだ自宅療養の日々は続くものの、以前と違い寝たきりではなく、家族と団欒もできるようになった。「春燈」を灯して、家族団欒のひとときを過ごしている最中でも、ふと己れのこころを覗くと依然として深く根強い暗闇が存在しているのである。家族と居るからこそ感じる「ひとりの奈落」であろうと思う。野澤節子自身がこのことを次のように語っている。「病むためばかりではあるまい。生きるということのこの闇の深さ、外が明るければ明るいだけ、この内の孤独地獄の底は深い。人は仕事に熱中し、遊びに夢中になって、この闇を忘れているだけである。」まさに私自身を振り返っても、仕事をすることで、気づいてはいけない何かを忘れたままでいられるのだ。

奈落は梵語Narakaに由来し、地獄の意。物事のどんぞこ、最後のどんづまり、奈落の底という意をもつ。人間そのものの「存在の闇」に焦点を当てた名句と言えよう。

作者は一九二〇年横浜市生まれ。大野林火に師事。一九七一年読売文学賞受賞。一九七一年「蘭」創刊・主宰。

ものの種子にぎればいのちひしめける

日野草城

（『花氷』所収）

植物の種子はちっぽけなサイズであるが、まさに命のDNA情報の詰まったものであり、種子によって何千年、何万年と命が繋がってきたわけである。そういう意味で、「いのちがひしめく」という措辞がいかに的確であるかがわかる。作者はどうしても「ミヤコホテル」論争のイメージがあり、エロティシズムなどと関連づけて論じられるが、〈ところてん煙のごとく沈みをり〉〈春暁やひとこそ知らね木々の雨〉〈白魚や黒きまなこを二つづゝ〉など、むしろ「いのちの明るさ」が特徴であると中田美子氏が述べているが、私も同感である。〈高熱の鶴青空に漂へり〉も死の床での句であるが、なぜか「いのちの明るさ」をやはり感じてしまうのだ。

麦を踏む子の悲しみを父は知らず　加藤楸邨

（『寒雷』所収）

「麦を踏む」「麦踏」は春の季語である。麦の芽が伸びすぎないように、また霜で浮き上がった根を押さえ、根張りをよくするために麦の芽やその根を踏むこと。丹念に足で踏み固めるこの麦踏みは数回にわたって行われる。冬から春の初め、晴天のもと懐手をして背を丸めながら麦踏みをするのはのどかな田園風景の一コマであるが、周囲の山は雪を被り、風もまだ寒い。したがって、つらい重労働であることは間違いない。情景としては麦踏みを父子、家族総動員で行っているのかもしれぬ。ここではそのうちの父と子（おそらくは男子）に焦点を当てて詠んでいる。農家の仕事を手伝えるようになったばかりの思春期の少年であろうか。おそらくは父に反抗的なそぶりは見せないものの、心まで従順であるかどうかは分からない。そんな複雑な少年の心持を、仕事を必死にこなしている父には伝わらず、父は子の心を知らないでいる。そんな父子関係を楸邨は第三者として詠んでいるのであろう。

掲句が詠まれたのは一九三五年、楸邨が中学教師をしているときである。おそらくこの句は、自分の教え子とその父との関係を詠んだものであろう。当時の農村は貧しく、重労働である。教え子たちは過酷な農生活に縛られ、中学を卒業するとほとんどが農民へと帰ってゆく。掲句が収載されている『寒雷』の後書きには「俳句のみが平静であり典雅ではありえなくなつた」と書いている。楸邨はのちに人生探求派や人間探求派と言われるようになったのであるが、このような貧しい生活を目の当たりにして、その中から生きる姿勢を俳句に詠み込むしかないと考えたに違いない。この句の他に、〈北風に言葉うばはれ麦踏めり〉〈降る雪が父子に言を齎《もたら》しぬ〉〈麦を踏む父子嘆きを異にせり〉という句が並んでいる。

楸邨は一九四〇年「寒雷」創刊・主宰。第二回蛇笏賞、現代俳句大賞など多数受賞。石田波郷、中村草田男とともに、言わずと知れた「人間探求派」の一人で、混沌とも言われる作風は多彩な人材を魅き寄せ、金子兜太、安東次男、沢木欣一、森澄雄、古沢太穂、石寒太、今井聖などの師でもある。

凧《いかのぼり》なにもて死なむあがるべし　中村苑子

（『水妖詞館』所収）

掲句は「凧（たこ）」を詠んだ一物仕立ての句であると私は捉えている。もちろん、自らの死を迎える時の覚悟を、凧に託して詠んでもいるのだ。「凧」は空に上がっている時こそが凧として存在価値があり、凧にとっての「死」とは地上に降りてきてしまった時だろうと作者は考えたのだろう。独善的な口語訳をつけると「いかのぼりよ、お前にとっては何をもって死となるのか？　そう、上ってゆくしかないのだ、さあ高く上がりなさい」となるのではないか。作者自らの今後の生き方、行く道も「いかのぼり」のようにありたいという願望でもある。

作者は三三歳で句作を開始したが、第一句集『水妖詞館』上梓は六五歳の時であった。その間、高柳重信と「俳句評論」を創刊した。一九九四年、『吟遊』で第九回詩歌文学館賞ならびに第二八回蛇笏賞を受賞した。女性特有の情念を形象化し、彼岸と此岸の往還を作品のモチーフとして、完成度の高い作品を生んだ。他の代表作に〈黄泉に来てまだ髪梳くは寂しけれ〉〈桃のなか別の昔が夕焼けて〉〈わが墓を止り木とせよ春の鳥〉〈春の日やあの世この世と馬車を駆り〉〈貌が棲む芒の中の捨て鏡〉〈他界にて裾をおろせば籾ひとつ〉など。

白梅《しらうめ》に明くる夜ばかりとなりにけり

蕪　村

（『から檜葉』所収）

初心の頃読んだ本に高橋治『蕪村春秋』（朝日新聞社、一九九八年）という俳句エッセー集がある。この本は「蕪村に狂う人、蕪村を知らずに終わる人。世の中には二種類の人間しかいない」という大変魅力的な言葉から始まる。内容は初心の私にとってエキサイティングであり、その後しばらくは芭蕉より蕪村が大好きであった。俳句を長く勉強してくると、ご多聞に漏れず、芭蕉がより好きになってくるのだが、それでもインプリンティング（刷り込み現象）されていて、今でも蕪村好きは変わらない。

さて掲句だが、蕪村の辞世句として有名である。

一七八三年陰暦十二月下旬（陽暦だと二月上旬）、梅がほころび、そろそろ春の気配が感じられる頃、毎日病床に伏す蕪村は、寝ながらに梅が開く気配を感じとったのだ。来る日も来る日も、軒端の白梅のところから夜がしらじらと明けてゆく。夜の明ける気配と、梅の開く気配を重ねて、僥倖な明るさの中で、自らの死を感じ取っている。蕪村は最後の最後まで本当に僥倖に満ちた詩人だったのかもしれない。萩原朔太郎は『郷愁の詩人　与謝蕪村』（岩波文庫）において、この句について

「白々とした黎明の空気の中で、夢のように漂っている梅の気あいが感じられる。全体に縹渺《ひょうびょう》とした詩境であって、英国の詩人イエーツらが狙ったいわゆる「象徴」の詩境とも、どこか共通のものが感じられる。しかしこうした句は、印象の直截鮮明を尊ぶ蕪村として、従来の句に見られなかった異例である」と述べて、「この句によって一つの新しい飛躍をした」と結論している。ともあれ、辞世の句として、その明るさは特筆すべきものがあると思う。

画家でもあったため、白梅と色を指定した句が蕪村には六句あり、一方芭蕉にはおそらく一句である。このあたりにも二人の俳人の詩質の違いが表れているような気がしている。

白梅や父に未完の日暮あり

櫂未知子

（『蒙古斑』所収）

梅と言えば白梅であるというほど、気品があり、桜とともに古くから日本人に愛されてきた。視覚的には桜だが、梅が桜に勝るのは何といってもその香りではなかろうか（嗅覚）。もちろん種々の意見があるだろうが。

さて掲句であるが、白梅を夕暮れに見上げている。清楚な気品があり、夕方になればなおさら、その香りが際立つ。そして作者は誰よりも敬愛している父を思い出し、「その父にも未完の日暮れがたしかにある」と確信するのだ。この場合の未完は「志なかばで諦めて生きてきた悔いを込めた日々」と、父を偉大と敬愛するからこその、「まだまだ父は未完だったのだ」という思い、深い崇拝にも似た感情である。作者から亡き父のことについては小さな瑕瑾の思い出すらも耳にしたことはない。愛情を裏返したような亡き母の話を聞いたことは多々あるが……。

櫂未知子は北海道余市町生まれ。「銀化」第一同人、「群青」代表。〈佐渡ヶ島ほどに布団を離しけり〉〈春は曙そろそろ帰つてくれないか〉〈雪まみれにもなる笑つてくれるなら〉など、代表句に比べると地味で淡く見える掲句であるが、屹立したオリジナリティがあると思う。

白に酔ひくれなゐに醒め梅の中

手塚美佐

（『昔の香』所収）

季語としての「梅」は春を告げる花であるが、一般に梅といえば「白梅」である。白梅は清楚で気品があり、桜とともに古くから日本人に愛されてきた。掲句は白梅、紅梅が咲き誇っている梅林に観梅に出かけた際の景であろう。十七音全体を使って、大変華麗に、技巧的に、紅梅も白梅もあった観梅を過不足なく表現している。白梅に囲まれて、その色を愛でているときは酒に酔ったような上気した、高揚した気分にさせられて、紅梅に囲まれた時には逆にその酔いが覚醒する感覚を詠んでいる。紅に囲まれて酔い、白に囲まれて醒めるというステレオタイプの表現をしなかったのも成功している一因だと思う。一句の中に白梅、紅梅ともに詠み込んだ句としては〈白梅のあと紅梅の深空あり　龍太〉〈白梅の中紅梅に近づきぬ　澄雄〉が知られているが、この句も秀句と言えるだろう。

作者は一九三四年神奈川県生まれ。一九七五年、癌闘病中の俳人石川桂郎と結婚。一九七六年永井龍男に師事。一九八九年「琅玕」主宰を継承。他の代表句として〈今生の狂ひが足らず秋螢〉〈寒牡丹別の日暮が来てをりぬ〉〈水を釣るさみしきことを夕とんぼ〉など。

男から死ねと茅花の野に笑う

寺井谷子

（『以為』所収）

茅花《つばな》はイネ科の多年草、茅萱《ちがや》の花穂である。高さ三〇～七〇センチメートル、三、四月に野原や路傍に銀白色のやわらかい穂が揺れているのを見る。若い穂は引くと簡単に抜けて嚙むと甘い。銀白色の穂が揺れている野は茅花野と言い、さながら春～初夏にして秋野のような感覚にもなる。嚙めば甘いことから子供が摘んで食べることもある。ちなみに「茅花流し」は初夏の季語で、雨気を含んだ南風が白い綿状の穂綿を飛ばしてしまうのでこの名がついた。

さて掲句であるが、美しい茅花野に男女ふたりがいる。一見、不穏な措辞ではあるが、心中の景ではない。なぜなら女性は笑っている。私の解釈は、茅花野で二人は一生添い遂げる約束をしたのである。そして平均寿命から判断しても「あなたが先に死ぬのね」と言って微笑んでいる屈託のない女性が浮かぶ。どんなに仲の良い夫婦でも未来永劫二人きりではない。かならずどちらか先に死ぬ。それならば「年上の男が死んで、私が看取り、世界中の誰より悲しんであげるね」という究極の愛の誓いのようにもとれる。

作者は俳人横山白虹の娘で、「自鳴鐘」の主宰。現代俳句協会賞を受賞している。

雛飾りつゝふと命惜しきかな

星野立子

（『春雷』所収）

掲句は久米三汀への弔意を含む句として語られることもあるが、そのことは抜きにして鑑賞してみたい。毎年二月下旬ころに雛壇を組むのはこころ楽しいものである。作者は雛を飾りながらふと、あと何回こうして雛飾りができるのかという思いが、心をよぎったのであろう。しかし、すこしでもそんな思いがよぎったとしたら、それは老いの自覚であり、軽微な体調の異変の自覚かもしれない。楽しいことをしてるときに限って、ふとした日常の不安や、さみしさが沸き上がることは誰でもある。人間は熱狂したり、楽しいことを経験しているときにはそれが熱狂し過ぎないようにクールダウン（鎮静）させる作用も心理学的に持ち合わせている。そして楽しいことが終わると鎮静する心の作用だけ残されて寂しい気持ちになることが知られている（「祭りのあとの寂しさ効果」と呼ばれることもある）。男の私には理解しかねるところだが、雛を飾るとき女は自分の来し方を顧みるという。娘時代のこと、嫁いでからのこと、母親としての日々、そんな心華やぐ中でふと無常観と、もののあわれを感じたのかもしれない。

「雛の日」はその後、この作者の忌日になった。天才的に鋭敏で繊細な句であることは間違いない。作者は虚子の次女。ホトトギスの代表的俳人として活躍した。

南無八万三千三月火の十日

川崎展宏

（「俳句」一九九七年八月号）

昭和二〇年三月一〇日、第二次世界大戦下の東京は、アメリカ軍のB-29爆撃機三〇〇機以上の来襲により、焼夷弾爆撃を受けた。午前零時八分に深川へ初投下され、城東、浅草地区へと爆撃が続き、低気圧通過中の強風に煽られて、死者は八万とも一〇万人とも言われ、負傷者四万人、焼失家屋は二七万数千戸。

さて掲句初出は総合雑誌「俳句」で、一九九七年に発表。前書は句集で微修正され「東京大空襲による死者の正確な数は不明。いま〝米国戦略爆弾調査団報告〟の数に拠る」とある。「南無」の二文字には現在の東京の大繁栄の礎になったことへの深い深い哀悼と悲しみが込められている。三月十日であること、死者の数八万三千人、東京が火まみれになったこと、そして「南無」。どの一語も無駄などない物凄い句だと思う。そして口誦性も見事。三月一〇日のこの日を迎えたときは私ならずとも唱名のように口をついて出て来るフレーズである。皆さんも是非この句を舌頭に転がして欲しい。いやきっと記憶に残るはずだ。

囀や海の平らを死者歩く

三橋鷹女

（『樵』所収）

囀《さえずり》が遠くで聞こえている海辺の景であろうか。おそらくはすでに死んでいるまたは死に取りつかれている者が歩いている。しかもそれが海面上をなんの苦もなくすたすたと歩いている。そんな映像を詠んだ句である。この死者はいったい何者であろうか。ひとつは戦時中一人息子を戦地へ送らねばならなかった鷹女が、あの戦争で死んでいった兵士たちを詠んだとも推定できる。戦地で死んでいったあまたの兵士たちが、囀を聴きながらまだ死にきれずに魂となって海面を歩いている姿を詠みたかったのか。もしくはこの死者は鷹女自身である可能性もある。なぜなら鷹女には〈藤垂れてこの世のものの老婆佇つ〉〈この樹登らば鬼女となるべし夕紅葉〉〈詩に痩せて二月渚をゆくはわたし〉などの句がある。つまりあたかも死後の自分自身を想定して詠んだと思われる句が多くあるのだ。晩年の鷹女は〈老い〉〈孤独〉〈死〉という本質的なテーマを壮絶に詠むことが多かった。掲句も、あたかもキリストの復活を思わせるような景でもあり、おそらくは死後の自らの姿を詩として詠み込んでしまおうと思ったはずだ。

雀の巣いつも瀕死の空があり

徳弘　純

（宗田安正編『現代俳句集成』所収）

雀は春になると、瓦屋根の下などに、藁や枯草などで巣を作る。そこにはいつも小雀たちが、親雀が餌を運んでくれるのをそれこそ口を開けて待っているのだ。そこには生命力の塊みたいなエネルギーが感じられるが、逆に生命の危うさも感じられる。ある程度育った雀たちはいつか空に旅立つことが運命であり、雀の習性でもある。小雀たちが見上げる空はパラダイスではなく、明らかに危険に満ちた死と隣り合わせの空なのだ。

中七以下の措辞は「いつも死にかけた空がある」ということを示し、それはこれから旅立つものに対する不吉な空でもあり、巣から旅立つ雀のことを詠んでいるともとれる。あるいは、「雀の巣」のあとに深いスリットが入って、中七以下は神の目線で「空」というものをメタファーしているともとれる。また「雀の巣」はこれから旅立つ若者、世に出ようとする作者自身のメタファーかもしれぬ。

作者は一九四三年高知県生まれ。鈴木六林男に師事した。掲句のほかに、〈滝懸かる比喩に疲れた男らに〉〈磨かれて高層にありヒロシマ忌〉〈白靴の来し方行方揃えけり〉〈死後ならず遠く無数の日傘ゆく〉など繊細さと静謐さを湛えた佳品が多い。

白藤や揺りやみしかばうすみどり　芝不器男

（『不器男句集』所収）

夭折の俳人、芝不器男の代表句の一つである。「白藤」が春風に吹かれて、わずかに揺れて靡《なび》いている。動いている時は見事な白色が前面に出て気づかなかったが、風が止んで、一瞬花びらが静止した時に、白藤の白に潜んでいた「うすみどり」の色彩が浮かびあがったのだ。なんという繊細で優美な写生であろうか。クローズアップした高画質の映像がストップモーションで描かれているように思う。

白梅などを純白と思いよく観察すると、わずかに緑を含んでいたり、〈白牡丹といふといへども紅ほのか　虚子〉のように、凝視すると新たな発見ができるかもしれない。山本健吉は『定本現代俳句』で掲句の景を「白い藤浪が風に揺れて一面の白が網膜に映る。揺れ止むと若葉の薄緑がはっきりしてくる。白藤の揺れる色彩の微妙な変化をとらえて、印象鮮明である」と述べている。私の理解と違い、山本健吉の言うように若葉の薄緑が白藤の花弁にわずかに映ったと考えても無理はない。捉えている情景も美しいが、句全体の調べも美しく、繊細な感覚と抒情に溢れている。

文法的に「揺れやみしかば」でなくて「揺りやみしかば」となっているのを問題にする意見もあるそうだが、この表現も調べの美しさに繋がっている。分解すると、揺り（文語四段動詞「揺る」の名詞形）・やみ（動詞）・しか（助動詞）・ば（助詞）となり、文法的にも問題はないように思う。山本健吉は「揺れやみし」と表現しなかったのは万葉調を意識したためであると結論している。いずれにしても現代に読んでも、みずみずしく、古さなど全くない。しかも平明で、品格の高い作品である。

芝不器男は友人の俳人横山白虹に「彗星《コメット》の如く俳壇の空を通過した」と言わしめた天才俳人で、大正一四年の冬ごろ俳壇に突如出現して、昭和五年には二八歳の生涯を閉じている。他の代表句に〈人入つて門のこりたる暮春かな〉〈あなたなる夜雨の葛のあなたかな〉〈寒鴉己が影の上におりたちぬ〉〈永き日のにはとり柵を越えにけり〉〈卒業の兄と来てゐる堤かな〉など。

蓬香《よもぎか》を嗅ぐ刹那さへひとの妻

堀井春一郎

（齋藤愼爾編『二十世紀名句手帖1　愛と死の夜想曲』所収）

作者はある女性にひそかに思いを寄せている。気づかれまいとして、その立ち居振る舞いや言動を、つねに注目しているのであろう。掲句の主人公である女性は、蓬を摘んでいるのか、あるいは摘んできた蓬をつかって、厨で蓬餅などをこしらえているのかもしれない。作者はそれをすこし離れたところから見ている。その女性が手についた蓬の香りを嗅いでいるふとした仕草を目に止めたのであろう。そんな姿さえ美しく、作者にとってはまぶしく見えたに違いない。しかしそんな最中でも、その女性は「ひとの妻」であると、作者は胸の中で何度も何度も言い聞かせているのだ。抑えようすればするほど、波のように湧きたつ恋情に作者はすでに気づいているのだ。中七から座五への「刹那さへひとの妻」という措辞は読者を鷲づかみにする麻薬のようなポイズンを秘めている。

擁きあふわれら涅槃図よりこぼれ

恩田侑布子

（『イワンの馬鹿の恋』所収）

「涅槃図」とはお釈迦様が入滅（お亡くなりになる事）したときの様子を描いたもの。曹洞宗の多くの寺院ではお釈迦様が入滅したとされる二月十五日に合わせて、涅槃図を飾り、お釈迦さまを偲ぶ法要、「涅槃会」を執り行う。涅槃会の法要は少なくても奈良時代には行われていたとされ、日本最古の涅槃図は高野山金剛峯寺が所蔵しており、時代背景や人々の願いを反映させて、さまざまな構図をとって、全国へと広まった。沙羅双樹の下の宝座に北を枕にして右脇を下にして横臥する釈迦を取り囲み、菩薩、天部、弟子、大臣などのほか、鳥獣までが泣き悲しんでおり、樹上には飛雲に乗って、臨終に馳せ参じようとする仏の母である摩耶夫人一行も描かれる。

掲句であるが、涅槃図からこぼれて、われらは擁き合っていると詠んでいる。お釈迦様の最期の場面には誰しも立ち会いたいと願うのが当然で、鳥獣すらも立ち会っている。ところが掲句の主人公は鳥獣からすらも零れてしまっているのだ。しかも涅槃図の外で擁き合っているのだから、どうしようもないものたちである。掲句はそんな自分たちの不埒さを嘆いているとも取れるし、逆に居直っているとも取れる。ただこれだけは言えるのは、世の中のものたちすべてが、希望通りの居場所では生きられないということだろう。

さて、涅槃図には人間の他にも多くの動物たちや、虫たちまで描かれているが、その中に猫がいないことが知られる。これは「ねずみ」がお釈迦様の使いとされていることに由来する。作者はもしかするとても猫が好きな「愛猫家」なのかもしれぬ。どうせ猫が涅槃図に入れないのなら、作者も涅槃図の外で、可愛い愛猫と擁き合っているのかもしれないのだ。

作者は一九五六年静岡市生まれ。攝津幸彦に誘われ「豈」同人になり、一六年間書き溜めた評論『余白の祭』で第二三回ドゥマゴ文学賞を受賞。句集『夢洗ひ』で第六七回芸術選奨文部科学大臣賞、現代俳句協会賞を受賞した。その他に〈ひよめきや雪生《き》のままのけものみち〉〈ジーンズに腰骨入れる薄暑かな〉〈冬川の痩せつつ天に近づけり〉〈夕焼のほかは背負はず猿田彦〉など。

てふてふや遊びをせむとて吾が生れぬ

大石悦子

（『群萌』所収）

掲句は『梁塵秘抄』の「遊びをせんとや生まれけむ」を下敷きにしているのは明白だ。それにつけても「てふてふ」という季語がまるで、字面がほんとうに遊んでいるかのようである。童女が名乗りをあげたかのような詠みようで、浮き浮きした心と、蝶々の軽やかな飛翔とが共鳴している。俳人として、文芸に携わる者としてつねに遊び心は大切であり、生涯持ち続けなければならない。この作者の初期の代表句であるが、その後の作者の作句姿勢も掲句のごとく、軽やかで、技巧的で、幅広い。石田波郷最後の弟子であり、柩に眠る波郷との出会いが最初で最後という劇的な逸話は有名である。〈雪吊のはじめの縄を飛ばしけり〉〈桔梗や男に下野の処世あり〉〈海溝を目無きものゆく去年今年〉〈母よ月の夜は影踏みしませうか〉など女性的しなやかさと男性的迫力の両方を併せ持つ。第三〇回角川俳句賞、第一〇回俳人協会賞新人賞、第五五回蛇笏賞など受賞。

土不蹈ゆたかに涅槃し給へり

川端茅舎

（『華厳』所収）

寝釈迦像の足の裏に作者は注目して、土不踏《つちふまず》の豊かなくぼみを見出して、それを詠んだ。足の裏のゆたかさを見出したことで、釈迦そのものの肉体までなまなましく窺うことができる。同時発表の句に〈足のうらそろへ給ひぬ涅槃像〉というのがあるので、茅舎はこの時寝釈迦像の足の裏に焦点をあてて、客観写生をしたのであろう。

結核という病に取りつかれていた茅舎は常に死を考えていた俳人であろう。そのうえで釈尊という偉大な存在に対するあこがれもあったに違いない。ゆたかな土不踏とは人々のために慈愛を尽くした釈尊そのものを讃えているし、釈尊の涅槃（死）は小さな人間の死をはるかに超えてすべての人間を救済する「大寂静」世界に誘うものであろう。茅舎はいまを充実して生きることができれば、真実ものごとに感謝して生きていけたら、個々の人間の死は小さな問題に過ぎないと考えたのかもしれない。現世では限られた生しか与えられなかった茅舎の考え方を反映した涅槃の句とも言える。ちなみに茅舎には足の裏に注目した句が他にも〈新涼や白き手のひらあしのうら〉がある。

川端茅舎は一八九七年東京人形町生まれ。一二歳年上の異母兄が画家の川端龍子。結核のために画家を断念して、一九一四年より俳句をはじめ、一九二四年「ホトトギス」初巻頭。その後たびたび巻頭を獲得。一九四一年四三歳で死去。この世の地獄に俳句をもって極楽を具現化しようとした。第二句集『華厳』の序文で、高濱虚子が「花鳥諷詠真骨頂漢」と讃えたことは極めて有名である。代表句に〈金剛の露ひとつぶや石の上〉、〈ひら〳〵と月光降りぬ貝割菜〉〈朴散華即ちしれぬ行方かな〉など超有名句ばかり。

折鶴をひらけばいちまいの朧

澁谷道

（『蕣帖』所収）

十七音全体がフックのある魅力ある言葉の固まりとして構成されている。意味に捉われれば掲句をうまく鑑賞できない。いや、はなからうまく鑑賞されることを拒否しているような作りだ。その手触りは作者の師である橋閒石に似ている気がする。

作者の目の前の机上に一羽の折鶴が置いてある。普通の折り紙で折られたものでも、千代紙のような上等なもので折られたものでもどちらでも良いだろう。初めはそれをじっと見つめていて、作者はにわかにその折鶴をひらきはじめる。あたかも美しい動物を解体するかのように。そしてその折鶴を完全にひらいたあとに残るものは一枚の折り目のついた折り紙である。折り目は残ってはいるがまた折り返せば鶴にもなるし、狐にもなるし、蟹の形にも折って作ることが可能だ。そしてその無限の可能性（混沌と言い換えてもよい）を秘めた一枚の折り紙を作者は「朧」という季語でメタファーしている。この季語の「朧」はもちろん、混沌やカオスを秘めた無限の闇のメタファーである。この世に形のある美しきものはすべて、原初の闇や朧から形成されており、それらが折り合わされてできている。作者はそんな存在の闇を詠みたいのかもしれない。読者によってはいろいろな解釈を許す作品だ。この句の「折鶴」は「かたちのある美しきもの」の、「朧」は「カオス」のメタファーだとすると、この句の形而下（実際に目に見えるもの）の言葉は「ひらけばいちまい」という措辞だけかもしれない。

作者は大正一五年京都生まれ。内科小児科の医師。平畑静塔、橋閒石、金子兜太に師事し、連句にも造詣が深い。昭和五七年「海程賞」受賞。昭和五九年現代俳句協会賞。平成二四年蛇笏賞受賞。古典に培われた緻密な言語感覚と、主情に富んだ心象風景を詠む。他の代表句に〈馬駈けて菜の花の黄を引伸ばす〉〈母逝きて夜の石橋すべて石〉〈メス沈め湯が労働者として沸る〉〈鳥に死も鳥籠もなき月夜かな〉〈初蟬のふと銀箔を皺にせる〉〈わたくしは辵《しんにゅう》に首萱野を分け〉など。

生誕も死も花冷えの寝間ひとつ

福田甲子雄

（『藁火』所収）

現代では誕生のときも命を失うときも、病院のベッドであることがほとんどではないだろうか。昭和三〇年代までであれば、誕生のときも家に助産師（当時の呼称は産婆さん）を呼んで寝間で子供を産む。老人が亡くなるときも往診の医師が来たりして、家の寝間で息を引き取ることが多かった。かく言う私も生家の一室で産婆さんの手によって産声をあげた。そういう意味では誰でも知っている当然のことであるが、ひとつの寝間で「誕生と死」というアンビバレンスな営みが行われていた事実は確かに興味深い。ひとつの寝間という この句のコアである空間を「花冷え」と捉えたところに掲句の二つ目の美点がある。

誰でも知っているけれども、誰も表現したことがない俳句を名句であると定義したのは飯田龍太であるが、作者はその門下。自然と生活に根差した風土性の高い作品が特徴で、第三八回蛇笏賞を受賞している。

花びらやいまはの息のあるごとし　長谷川櫂

（『長谷川櫂全句集』所収）

掲句の中七以下、「あたかも死に際の息をしてるようだ」という措辞。これはすごい比喩である。生死の境にあるような動植物、あるいは人間を前にして、この措辞をひねり出すことは可能であろう。しかし、掲句がすごいのは上五の「花びらや」だ。中七以下のすばらしい比喩があれば、落花、落椿、落鮎、鮭のぼるなど生死に関わる動植物をもってくればそれだけで、ある程度の佳句にはなるであろう。しかし、この句は満開の桜のたったひとつの花びらに焦点を当てているのだ。咲き誇った桜の、たった一片の花びらの一瞬の震え、ゆらぎ、そして落ちる瞬間を捉えて、まるで「いまはの息」をしているようだと詠んだ。この一瞬を捉えた鋭い感受性は非凡である。上五の措辞こそが、この句を秀句に押し上げていると思う。桜の花びらのちっぽけな命に参入した繊細な視点も見事だと思う。あたかも作者がプロテウスの神のように一片の花びらに化身したかのようだ。

作者は一九五四年熊本県生まれ。平井照敏・飴山實に師事し、一九九三年「古志」創刊・主宰。二〇〇三年読売文学賞受賞。

花あれば西行の日とおもふべし

角川源義

（『西行の日』所収）

あまりに多くの鑑賞文があり、掲句に対する個性的な鑑賞文は無理なような気がするので、できる範囲の鑑賞をするしかあるまい。

掲句における西行は当然、西行法師のことであり、西行の歌〈願はくは花の下にて春死なむそのきさらぎの望月のころ〉（『続古今集』）はどうしても読者共通のテクストとして提出せねばならないだろう。桜の花の下で釈迦の入滅（お亡くなりになること）した涅槃の日つまり旧暦二月十五日の満月のころに生を終えたいと願った西行は、なんと本当に文治六年（一一九〇）二月十六日、願い通りにこの世を去った。この奇蹟のような現実によって同時代の歌人の定家や慈円が一層に西行畏敬の念を強めたと言われている。

西行の日は西行忌と同義と捉えてよいだろう。上五の「花あれば」の解釈が鑑賞者によって微妙な違いがあるようだが、私は初心の頃から「花が咲けば、桜の花が咲いたなら」と、仮定として解していた。つまり、「さくらの花が咲いたならばその日は西行の命日だと思いなさい、思うべきだ」として読んでいた。上五の「花あれば」を「花が咲いているのだから」という既定条件として捉えるとすこしニュアンスが変わる。「すでに花が咲いているのだから、それを見たものはこの日を西行の命日と思いなさい、西行のことを思い出してみるべきだ」という意味となる。解釈や鑑賞に正解はないと思うので、読者それぞれが掲句の深くて謎のある「花あれば」を自由に味わえばよいと思う。

ただ私個人としては、医療や科学に携わるものとして掲句を読んでいて、以前から二つの疑問があった。むしろ掲句というよりも、「この日に西行が偶然に亡くなったという事実」に関しての疑問である。

一つ目は自分の詠んだ歌通りに死にたいと思った西行が、まだ十分に体力を残した状態で、自ら即身仏になることを願って、飲まず食わずで自死に近い形で亡くなったのではないか？　というもの。つまり偶然というよりも恣意が働いていたのではと思ったのだ。西行法師はこの日、河内の弘川寺の草庵で亡くなった。御年七三。このことに関しては現在の資料からは何とも言えない。ただこの日に死んだという事実だけである。

もう一つは「きさらぎの望月のころ」に果たして桜が咲いていたのだろうか？　という疑問。如月は旧暦二月、太陽暦三月である。私のような北海道に住んでいる者からすればなおさらに、花が咲くのが早すぎないか？　ふつうに考えれば太陽暦三月十五日に桜が咲くだろうか？　という無粋な疑問だ。

ところが今回、長谷川櫂『国民的俳句百選』（二〇〇八年、講談社）を読んでその疑問は解消した。

長谷川櫂に言わせると奇蹟が起きたのである。亡くなる前年の文治五年は四月のあとに閏四月があり、四月が二度もあったために、五月以降の月は例年よりひと月近く遅れたのである。年が改まり、西行が亡くなった文治六年二月十六日は、なんと太陽暦三月三十日だった。つまり例年よりも半月も遅かったのだ。これなら暖かな南河内の弘川寺の桜は満開といかなくても、六分咲にはなっていたはずなのだ。長谷川に言わせると文治六年桜の花時、奇しくも釈迦の命日が重なった日に西行が逝くという、三位一体の年だったのだ。この事実が長谷川に奇蹟と言わせたのであろう。

最後に飯田龍太の掲句に関する名解釈を引く。「さくらの花が咲いたら、それが四月の何日であろうと、日本のどの地であろうと、ことごとく西行の日ではないか」(『俳句の魅力』一九七八年、角川選書)。この解釈であれば、私の以前からの疑問がいかに無粋であったかが理解されるであろう。

樹下にゐて体内曇るさくらかな

林　桂

（斎藤愼爾編『二十世紀名句手帖1　愛と死の夜想曲』所収）

下五に「さくら」とあるので、上五の「樹下」はやはり、桜の木の下と考えるのが妥当であろう。どんな世の中でも日本人とともにあり、愛され続けている桜の花。日本人の美意識の中心にある花でもある。また年に一度咲いて、はかなく散ってゆくことから、生命の象徴として詠まれることも多い。しかし、作者は桜が満開に咲く樹の下にあっても、己の体内は曇っていると表白する。それは桜の花に対するステレオタイプの憧憬や明るさや、生命力のようなものを詠むことへの反抗。あるいは、詩人・俳人としての矜持なのかもしれない。桜満開の下にあって、およそ詩人たるものが、とても気持ちが良くて、体の中まで晴れ晴れしていると詠めるはずもない。かといって、桜の花の美しさへの否定にはならない。なぜなら、「さくらかな」と詠嘆で終わっている。独断的口語訳をすれば「自分は満開の桜の下に立っている。明るい花の下で、自分自身の心の中や胸中は逆に曇っているのに気が付いた。そんなことまで気付かせてくれるほど美しい桜なのだなあ」と。逆に満開の桜の下だからこそ、己の心や胸中が素直に表白できているのかもしれない。

このように桜の下や桜のそばにいるからこそ気づくことがあるはずなのだ。他の句でも〈木の下に襟こそばゆき桜かな　嵐雪〉〈死に仕度致せ〳〵と桜哉　一茶〉〈谷川の音天にある桜かな　石原八束〉〈鳩の目に金のまじれる桜かな　夏井いつき〉〈手をつけて海のつめたき桜かな　岸本尚毅〉などは掲句に似た詠み方だと思う。

作者は一九五三年群馬県利根郡生まれ。高校時代に「歯車」「寒雷」に入会。夏石番矢らと「未定」創刊。二〇〇一年水野真由美らと「鬣ＴＡＴＥＧＡＭＩ」創刊。高柳重信の晩年の四行表記を実践。その他の代表句は〈クレヨンの黄を麦秋のために折る〉〈逝く春の／空壜／なべて／小波す〉など。

一日がたちまち遠し山ざくら

宮坂静生

（『火に椿』所収）

「山桜」はその名の通り、山に咲く桜という意味がある。外来や交配種ではない、山地に自生するサクラの種を示し、四月ころ新葉とともに白花を開き、赤紫色の小核果を結ぶ。吉野山のシロヤマザクラはこの種である。その佇まいは清々しく、気高く、美しい。詩歌に詠まれる場合は特定種に拘らないことが多い。

さて掲句はおそらく多忙な日常を送っている作者の偽らざる感懐から生まれた作と思える。たとえば今年こそ久々に吉野の山桜を見に行こうと予定していたが、多忙な毎日にそれこそ流されて、気づいてみれば、花の盛りは過ぎてしまった。そして自分はといえば、多忙にかこつけて、今日も一日大事をなすこともなく、あたかも無駄と思えるほどに過ぎてしまったのだ。実際には一日一日大切に有意義に過ごしているのだが、たちまち一日が過ぎてしまい、熱望していた吉野の山桜も見られないままに春を過ごしてしまったのだ。どんなに職業人として有意義に過ごしたとしても、俳人としては吉野へ行けなかった後悔は残る。長野にも山桜は多いので、地元の山桜かもしれぬ。いずれにしても、そんな山桜への憧憬が「たちまち遠し」と詠ませたのであろう。ヤマザクラの花言葉は「あなたに微笑む」であるから、きっと山桜は遠くで、作者を見守っていたに違いない。

作者は一九三七年長野県千曲市生まれ。信州大学名誉教授。一八歳から「若葉」に投句。富安風生、加倉井秋をに師事。一九六八年藤田湘子に出会い、「鷹」入会。一九七八年「岳」創刊・主宰。風土詠とくに原始感覚、からだ感覚で「地貌」を捉えることを提唱。地貌季語も提唱した。元現代俳句協会会長。一九九五年現代俳句協会賞受賞。二〇〇一年、評論集『俳句からだ感覚』で山本健吉文学賞受賞。二〇〇六年、随筆『語りかける季語 ゆるやかな日本』で読売文学賞受賞。ほかに〈はらわたの熱きを恃み鳥渡る〉〈天に風鳴りていよいよ曲がる葱〉〈落蟬の仰向くは空深きゆゑ〉など。

山桜人体も水ゆたかなる

久保純夫

（『熊野集』所収）

本州中部以西の山地に自生して咲く桜を「山桜」という。本来、山に咲いている一般的な桜を意味するわけではなくて、独立した一品種であるが、詩歌に詠まれてきた山桜は特定種を示したわけではない。たまたま訪れた土地に自生する桜を「山桜」として詠む。奈良の吉野山の山桜は特に有名である。山桜を前にして作者はその豊かさに見惚れているのかもしれない。生命力やふくよかさを感じたときに、それらの一番重要な構成成分である「水」を感じたのだ。

山桜も、周りの自然も、地球も水でできている。そして我々人間も、細胞の六五％は水である。中七以下の表現は、「山桜」の見事さから誘発されたものかもしれない。「人体も」の「も」が人体にはもちろん、山桜も含めた森羅万象に「水が行き渡っている」ことを示している。

一九四九年大阪生まれ。一九七一年から鈴木六林男に師事。一九九三年第四三回現代俳句協会賞受賞。他に〈かたちから忘れゆくなり露の玉〉〈抱き眠る八十八夜の火縄銃〉〈噴水に現れし神おちにけり〉など。

死が見ゆるとはなにごとぞ花山椒

齋藤 玄

（『無畔』所収）

掲句は作者が死の床で詠んだ絶句の一つとして有名である。私は医者として、多くの人の死を見て来た。父母、妻までもその死をこの目で見た。どんなに経験が豊富な医者でも見ることのできない死がたった一つだけあり、それが「自分の死」だと言われる。「いつも死ぬのは他人ばかり」とは寺山修司の言葉である。

さて掲句であるが、作者は死の床に伏して、病による意識の混濁と覚醒のはざまで、夢の中で、不可視であるはずの自分の死を見てしまったのかもしれない。見えたものが客観的な死であるからこそ、己れ自身の死を確かに見てしまった驚愕。と同時に作者はそんな幻視を見てしまった自分を恥じたのではなかろうか。自分をはにかみつつ、健康であった頃に見た「花山椒」を思い浮かべたに違いない。それは「山椒」の古称の「はじかみ」から連想したのかもしれない。山椒の「椒」は「はじかみ」と読む。辛くて顔をしかめることが、顔を赤らめ、はにかむ状態に似ているのでこの名がある。作者の思いを口語解訳してみると「とうとう夢で自分の死を見てしまった、なんて恥ずかしいことだろう。不埒な死を見てしまう自分の不条理に憤りを覚えるのだ。ただ夢の中で元気なころよく眺めた花山椒が見られたのがせめてもの救いだ」となるだろうか。このような表白がこの句には籠められていると思う。

作者は一九一四年函館生まれ。西東三鬼に師事して、一九四〇年「壺」創刊・主宰。二度休刊したのち、一九七三年「壺」復刊。一九八〇年、第一四回蛇笏賞受賞。代表句として〈たましひの繭となるまで吹雪きけり〉〈まくなぎとなりて山河を浮上せる〉など。

死は春の空の渚に遊ぶべし　石原八束

（『空の渚』所収）

石原八束の多くの有名句の中では一番謎が多い作品ではなかろうか。まず中七の「空の渚」という措辞が目をひく。空の波打ち際であるから、とてものどかでこころが休まる。しかも春の渚である。「死というものは過酷で、冷たいものでは決してなく、あたかも春のぽかぽかした空の渚で遊ぶようなものである」と作者は言っている。しかも「べし」で止めているので、「空の渚でゆっくりと遊ぶべきである、遊ぶのがふさわしい」と述べているのだ。

この句は昭和三五年に「大阿蘇詠」として「俳句」誌に発表された。その数年前に八束の師事する三好達治から句集に寄せた序詞として「空の渚」を渡されている。つまり、八束は阿蘇の広大な空に海を見て、三好達治の詩を思い出して、この句を詠んだのだ。本歌取り的な古典的な手法だ。

掲句における「死」は観念としての死ではなく、死後の魂とみるのがよいと小室善弘がその著書で述べている。阿蘇の春のみずみずしい空を見上げて、八束は自分が関わった多くの人たちの魂を思い出したのであろう。現世には居ないこれらの魂が安らぐには、もっともふさわしいところであると詠んでいるのだ。しかもその空の渚は先人の魂だけではなく、やがて八束自らの魂もやすらぐところであると認識しているのだ。

古稀といふ春風にをる齢かな

富安風生

（『古稀春風』所収）

「古稀」というのは杜甫の詩にある「人生七十年古来稀」から来ている言葉で、七十歳の称であり、「還暦」「喜寿」とともに長寿の賀であるが、古稀は最も古くからあるもの。現在の平均寿命を考慮すると七〇歳は決して稀ではないが、やはり一つの年齢の目安にはなろう。富安風生はかなり以前から老いを意識していたようで、『冬うらら』という著書の中で、まだ老いの句を詠むには早すぎる頃から、「人間の、自分自身の、まだ先の老ということに、趣味的な（といってもいいであろう）関心を抱いて」概念的な老いの句を作っては、独り愉しんだり淋しがったりしていたという。確かに本当に老いさらばえて、肉体的にも精神的にも追い込まれると掲句のような句は作れないと想像する。かくいう私も少しずつ老いの句を作っている（未発表ではあるが……）。

さてそんな風生が本当に七〇歳になって詠んだのが掲句。古稀という年齢は風にたとえるのなら春風であろう、という意の句であるが、春風はのんびりした風、いわゆる春風駘蕩の快い風である。古稀になっても春風の中に居るような実感が一番健全のような気もする。風生はこのあと九三歳の天寿を全うする。座五の「齢かな」の詠嘆にのんびり感、能天気だけではない実感が溢れている。風生本人も先の『冬うらら』の中で、「古稀を迎えてからは、それまで遊びであった老の句に実感が伴うようになった」と述べている。坪内稔典は「この句の能天気な感じで古稀に至った気がしないでもない」と自らの年齢も併せて評している。古稀という現実を受け止め、老いが思いの外実感となって来たことに対するかすかな戸惑いを、座五の詠嘆にさらりと詠んでいるのだと思う。

余命とは暮春に似たり遠眼鏡

中村苑子

（『吟遊』所収）

この句をはじめて読んだのは、『現代俳句パノラマ』（立風書房、一九九四年）というアンソロジーであった。一読、この句の不思議な読後感に魅了されて、ノートに書き写したのを記憶している。季語の「暮春」は二つの意味が混ざっている。ひとつは春の日の夕暮れ、もう一つは春の終わり。春を惜しむ気持ちと、春の夕闇が忍び寄る意味と二つが曖昧かつ茫漠たる雰囲気を醸し出す。暮れの春でなく、暮春というときは後者の意味が主であると思う。春の盛りが過ぎて甘さも一縷の寂しさも、はかなさも感じさせる季語である。「余命」はある程度寿命を生きてきて、残りの命を言う。余りの命として天から授かった褒美のように感じられる。この僥倖のような命がまるで暮春に似ていると作者は表白している。つまり、すこし甘やかで穏やかな暮春を過ごすように余命を生きている倖せを作者は感じているのであろう。暮春も余命もそう長くは続かないことを作者は十分知っている。その先、彼岸へ続く光のようなものを作者は「遠眼鏡」で見つめているのだ。それもけっして厳しい眼でみているわけではなく、むしろ今生きている僥倖を感じながら。絶望や虚無や陰惨さも感じられず、やわらかい陽光に満ちている。季感を大事にするなら「暮春とは余命に似たり」、の方が賛同を得るかもしれぬ。しかし私は「余命とは暮春に似たり」の方がずっと不思議で謎があり良いと思うのだ。

絶命の寸前にして春の霜

野見山朱鳥

（『愁絶』所収）

ホトトギスで三回巻頭をしめ、第一句集『曼珠沙華』の序文で虚子に「曩《さき》に茅舎を失ひ今は朱鳥を得た」と激賞されたのは有名である。敬慕してやまない川端茅舎に比せられたのであるから、さぞかし嬉しかったと思う。生涯を宿痾である肺結核に苦しんだ。したがって客観写生のわくを越えて「生命諷詠」を唱えたのは理解できる。もちろんそれによって虚子の朱鳥に対する評価は下がってしまうわけであるが。

掲句はその闘病末期の絶唱のひとつである。中七までの胸が潰されそうになる措辞のわりにはどこか達観した感じや、安寧な感覚が得られるのは「春の霜」の春があるからであろうか。中七までをいまにも溶けてなくなってしまいそうな「春の霜」でメタファーしている。その割には切迫感や悲壮感が感じられないのは中七の「にして」だと思う。これは連語といって「場所、時を示し、～において、～であって、～の時に」という意味である。この連語の使用によって緊張感、切迫感がゆるめられて、「春の霜」へと繋がる。〈火を投げし如くに雲や朴の花〉〈林檎むく五重の塔に刃を向けて〉〈秋風や書かねば言葉消えやすし〉〈つひに吾れも枯野のとほき樹となるか〉など多くの名吟を残している。

われは恋ひきみは晩霞をつげわたる　渡辺白泉

（『白泉句集』所収）

初心のころ、この句に出会うまで、俳句で「恋の句」を読むのは大変難しいと思っていた。その考えは今も大きく変わってはいないが、掲句をはじめて読んだ時、あきらかに恋の句なのであるが、なんと格調が高いのだろう、と感心した記憶がある。また掲句ではじめて「晩霞《ばんか》」という季語も知ることができた。晩霞は夕方にたつ霞のことで、春の季語として扱う。私なりの口語訳を試してみると「私はこんなに君を恋している。なのに君は『あらまあ、もう夕方の霞が立ってきたのねえ』となにくわぬ顔で告げ渡っているではないか」という内容であろう。作者のじれったい恋する気持ちと、相手の気持ちのすれ違いを格調高く詠み込んでいる。晩霞という言葉が、挽歌を引き出してきて、この恋の終わりが近いことがそこはかとなく予感される。掲句は作者がわずか二四歳で詠まれたことは驚きだ。現代でも通用するみずみずしさがあり、作者の卓越した力量がよくわかる作品だ。この時期〈紅き日は指さされたり君の手に〉という恋の句も作っている。

渡辺白泉は一九一三年東京生まれ。豊かな文学的教養と鋭い社会批評性を持ち、卓抜したイロニーで戦争俳句の傑作を残したことは有名である、他に〈鶏《とり》たちにカンナは見えぬかもしれぬ〉〈戦争が廊下の奥に立つてゐた〉〈地平より原爆に照らされたき日〉〈玉音を理解せし者前に出よ〉など。

人が来て骨寄せてゐる春の昼

大屋達治

（倉田紘文編『秀句三五〇選6　死』所収）

私は一体、何回、火葬後の骨拾いをやったのだろう。記憶にあるのが、幼少時に父方と母方の祖父で二回、成人してからは涙にくれながら四回、現在まで計六回骨を寄せている。

掲句はまさに火葬後の骨拾いそのものを、何の感情もにじませずに、冷徹に詠んでいる。このフレーバーは〈死にたれば人来て大根煮きはじむ　下村槐太〉に似ていると思う。掲句の骨寄せている行為は、どちらかというと骨壺に骨をほぼ納めたところで、残った骨を掃きよせて、骨壺の隙間に流し込むように入れる時の行為であろう。のどかなはずの春昼に寒々とした営為なのだが、これはこれで必要な大変重要な儀式である。このあと骨揚げ法要が行われ、長い長い忌を修する期間が訪れる。忌を修する期間は永遠に近いと錯覚するほどに長く感じるものである。

作者は一九五二年兵庫県芦屋市生まれ。東大ホトトギス会を経て、山口青邨、高柳重信に師事。「天為」（有馬朗人創刊）の初代編集長。一九九九年、『寛海』で二三回俳人協会新人賞。言葉のリアリティと独自の美学・美意識に基づいた詩精神あふれた作風。他に〈大山《だいせん》に脚をかけたる竈馬かな〉〈一滴の天王山の夕立かな〉〈泳ぎつつ夢を見むとてうらがへる〉など。

ひとり死に百人の泣く木の芽山

大木あまり

（『火のいろに』所収）

先日義父の一周忌で私の隣に座った義父の実の兄が、なんと翌日に交通事故で死んだ。まるでキツネにつままれたような気持ちで葬儀に出向いた。その時に掲句を思い浮かべていた。ひとりの人間の死には百人が涙して、その百人の慟哭に呼応するかのように、千万の木の芽を擁する一山が悲しみに震える。そんな内容の句だ。人類が誕生してせいぜい五〇万年と言われるが、おそらくその間何千億人という人々が死んでゆき、その何倍もの人が涙してきたはずだ。生命の一回性というのは科学的にも医学的にも証明されている。遺伝子は残るがその全く同じ個体は未来永劫に再び生まれることはない。つまり一人の人間の生命の尊厳は果てしなく重く深いのである。

掲句はやはり中七までの強烈なフレーズに続く「木の芽山」の季語が秀逸である。ひとりの死に対して悲しむ百人の慟哭が、さらに背景にある千万の木の芽をもつ山をも慟哭で震わせるような幻想を誘発する。一山すべてが木の芽（生命一つ一つと捉えてもよい）とともに悲しみに咽び泣いているかのようだ。

妻の遺品ならざるはなし春星も　右城暮石

（『虻峠』所収）

初心の頃の俳句ノートに記載があった一句。二〇年前の私は〈くろがねの秋の風鈴鳴りにけり　蛇笏〉とか〈荒海や佐渡によこたふ天河　芭蕉〉とかを名句として認識していた。つまり上五の「〇〇〇〇や」で切れて座五が五音の名詞で止める型と、座五が切れ字の「けり」で切れる型のどちらかが、俳句の型の最高と理解していた。俳句入門書から入門したこともあって、私は「型から入るタイプ」の俳句作者の典型であった。だから、なぜこの句に感銘を受けてノートに書き留めたかは今となっては不明。もちろん、句の内容がとてもインプレッシブだったのだろうが、当時の私は『春星も』という『言いさし』の止め方に難点があるのでは」と思ったはずだ。しかもこの作者と同じ境遇になることなどは考えてもいなかったのだ。掲句は同じ境遇であろうが、なかろうが、十分に共感の得られる内容の俳句作品なのだと思う。妻が遺した道具、ケータイ、マイカー、小さな家、そして今となっては老犬。すべて捨てられずにいる。殴り書きのようなメモや日記も。冬鏡に映す自分の姿すらも遺品にすぎない感じがする。

掲句は森羅万象すべてのものが妻の遺品であると表白している。そして夜空に輝く春の星たちも。初心の頃と違って、この句のコアは「春星も」という余韻をのこす「言いさした」措辞であると今は強く思う。それと「ならざるはなし」の助詞の「は」が大変重く効いていると思う。この助詞によって、自分の周りに存在するものすべてが「妻の遺品」であることを強調しているように感じるのだ。私にとっていつも「しゅんせいも」という美しい響きが胸中山河にこだましているように思うのだ。

作者は高知県本山生まれ。一九一八年松瀬青々を師として入門。その後一九五六年「運河」を創刊・主宰。第二句集『上下』などにより第五回蛇笏賞受賞。一九九〇年主宰を茨木和生に譲った。

渦巻くはさみし栄螺も星雲も

奥坂まや

（『縄文』所収）

およそ俳句に「淋しい、かなしい」など感情を表すことばを使用しない方がよいというのは一般論である。ただし掲句は「渦巻くはさみし」というフレーズ全体が、栄螺や星雲のメタファーになっているし、「栄螺も星雲も」という措辞との取り合わせ（二物衝撃）にもなっている。散文的な意味でも「渦を巻くことがさみしいことだ」とアンビバレンスな表現になっている。作者は眼前の「栄螺」を見ている、しかも淋しい気持ちで見ている。栄螺を見ていることでそんな感情が起こったわけではないが、作者はその淋しい感情を「栄螺が渦を巻いているからだ」と自分をアンビバレンスに納得させて断定しているのだ。そこから何億光年もはるかかなたの星雲にも思いを馳せて、やはり「渦を巻くことは淋しいことだ」と詩的飛躍をしている。二物衝撃はフレーズとフレーズとの詩的化学反応ではあるが、どこかに比喩的なアナロジーが必要になってくる。この場合は「渦巻く」というキーワードで繋がっているのである。思えば「さみしさが渦を巻くこと」もありうるのだ。

作者は俳誌「鷹」の代表俳人の一人で、二物衝撃の例句としてよく取り上げられる。〈万有引力あり馬鈴薯にくぼみあり〉は代表句の一つである。

天上にちちはは磯巾着ひらく

鳥居真里子

（『鼬の姉妹』所収）

「磯巾着」は浅い海の岩礁に棲む腔腸動物で、水中で触手を開いている姿が菊の花を思わせる。刺激を受けると巾着のように体を縮める。魚とも貝とも言えぬ微妙な動物である。土肥あき子氏が磯巾着を食虫植物的珊瑚と表現したが、言いえて妙である。色も美しく、海中で揺らいでいる姿は夢幻の美しさ、極彩色の美しさを持つ。毒を持つ触手で魚を捕まえて食べるので、時には悪女や妖艶な女に例えられることもある。掲句は「磯巾着」と「天上にちちはは」の二物衝撃の句として捉えてもよいだろう。磯巾着という季語と天上に召されてしまった父母と、十七音すべてが何かのメタファーともいえようか。どちらにしろややグロテスクな磯巾着の景と天上に召された崇高なちちははとを同格に並べた新鮮な視点を読者は愉しめばよい。磯巾着の触手をひらく光景そのものが異界へ誘う景色と捉え、天上の父母を思い出したのかもしれない。

作者は一九四八年東京生まれ。一九八七年「門」創刊入会。一九九七年「かくれんぼ」三〇句で第一二回俳壇賞。同年「船団の会」入会。二〇〇三年第一句集『鼬の姉妹』で第八回中新田俳句大賞受賞。他の代表句として〈ふるさとの湯たんぽの湯に顔洗ふ〉〈福助のお辞儀は永遠に雪がふる〉〈鏡餅真ッ赤な舌をかくしけり〉など。

鳥雲に入る骨片のひかりかな

黒田杏子

（『一木一草』所収）

火葬場で大切な人の骨を拾う。収骨室でのそれはあまりに白く、ときに美しいと思えるほど光る。骨片の一瞬の光が、いつかみた「雲に入る鳥」の一瞬の光彩とオーバーラップしたのかもしれない。または作者は外にいて、大空を帰る鳥を見上げている。遠くの鳥が雲に隠れる一瞬に太陽の光を浴びて、光り輝く。それは雲との乱反射で生じたかもしれない。そしてその光がいつかみた骨片のひかりを呼び覚ましたのかもしれぬ。いずれにしても季語としての「鳥雲に入る」と火葬場における「骨片のひかり」を取り合わせた句は過去にないと推察する。

黒田杏子は「藍生」創刊・主宰。〈白葱のひかりの棒をいま刻む〉〈摩崖佛おほむらさきを放ちけり〉など、平明で平易、奇を衒うことなき秀句が多い。

揚雲雀死より遠くは行きゆけず

河原枇杷男

（『河原枇杷男全句集』所収）

私が形而上学的俳句の第一人者であると勝手に思っている作者には重点的に詠み込むテーマというかキーワードがあり、それが「死」「水」「闇」なのである。その中でも死というキーワードは彼の俳句に頻繁に登場する。我または己れという存在がどこから来て、どこへ向かってゆくのか、存在の来し方と行方を詠むことが枇杷男の究極のテーマのようにも思える。

さて掲句、枇杷男俳句としては珍しく、鑑賞をこばむような難解さはない。雲雀は繁殖期に縄張りを宣言するために雄は「ピーチュル、ピーチュル」と鳴きながら空高くへ舞い上がる。これを揚雲雀という。いかにも天心に届くかのごとく昇りつめて、一転して一直線に落下してくる。これを落雲雀という。掲句は天空に到達するかの勢いで舞い上がる揚雲雀であるが、結局は死より遠くへは到達できないと詠んでいる。注目すべきは死が最も遠い到達点だとは作者は思っていないことだ。揚雲雀は遠くへ行ったとしてもせいぜい死である点である。実はそれすらも生きているうちは到達できないのである。形而上学的には死よりも遠いところはあるはずであるが、とりあえず最も遠い行方が死である。そこを作者も残念がっていることが窺えるのだ。この句「死より遠くへ行けずなり」「死より遠くへ行けざりき」だと何の面白味もない。「行きゆけず」の座五表現を私は好ましく思う。はじめの「行き」は「死までは行ける」という意味なのであろう。最後の「ゆけず」は「死までは到達できるのだが、究極の行方である、死より遠くへは行けない」ということを強調している表現だと思う。「行きゆけず」は「行けそうなのだが実はいけない」という作者の諦観も含まれていて、興味深い。

さて枇杷男は形而上的思惟を俳句に形象化して、数々の名句をなしていった。過去に私は河原枇杷男の評論を書いたこともあり、大好きな作家の一人だ。「すぐれた作品は、つねにもう一つ別世界に在ることを信じさせる」とは彼の言葉である。現代の俳壇では枇杷男は残念ながら正当な評価を得られていないと私は思うが、吉岡実や大岡信など詩人の間では評価が高い。〈身の中のまつ暗がりの螢狩り〉〈或る闇は蟲の形をして哭けり〉〈野菊まで行くに四五人斃れけり〉など私好みの佳品が多い。

向うにも老人のゐる春の暮

石田勝彦

（『秋興』所収）

老人が老人を詠んだ句であろう。「春の暮」は抒情的な雰囲気の濃密な時間であると言える。この抒情に身を浸すことで、想像力が働き、様々な「春の暮」が詠みこめるのであるが、たとえば〈いづかたも水行く途中春の暮　永田耕衣〉や〈鈴に入る玉こそよけれ春のくれ　三橋敏雄〉などの「春の暮」は春の濃密な時間が、あたかも悠久に続くことを感じさせるし、〈春の暮老人と逢ふそれが父　能村研三〉のように老人のゆっくりとした時間の流れを、この季語と合わせて詠みこむこともできる。掲句は作者がいわゆる老人であり、「向う側」あるいは「向う岸」にも老人が立っているという景だ。「向う」の表現があたかも「彼岸」を思わせて、なかなか意味深でもある。彼岸に立っている老人は、此岸に立っている作者本人と顔見知りで、もしかすると彼岸で待っているのかもしれない。そういう意味では「春の暮」が「春彼岸」のような働きもしているように思う。いずれにしろ飄々とした老いの艶も感じさせる句だ。石田勝彦は一九二〇年札幌市生まれ。一九五四年、「鶴」に入会して、石田波郷に師事。「泉」創刊にも参加して、一九八〇年小林康治を継いで「泉」雑詠選者を務めた。一九九〇年に主宰を綾部仁喜に譲った。他に〈高浪を凪の離るる厄日かな〉〈妻ふつと見えずなりたる千草かな〉など。作者は俳人石田郷子の父である。

臍の緒を家のどこかに春惜しむ

矢島渚男

（『木蘭』所収）

思春期を過ぎた頃だろうか。母親が私の臍帯を見せてくれた。桐箱に綿をしきつめてその中でからからに乾いた自分の臍の緒を、不思議な感覚で眺めていたことを思い出す。その臍の緒をどこから持ってきたのだろう。どこに保管していたのだろう。恐らくは父母の寝室にある箪笥だと推定するが、今となっては確かめるすべがない。もう臍の緒がどこにあるかは誰も知らないし、現存していないだろう。どこかにあるはずの「臍の緒」の存在をどこにあるのか知りたくなる感覚、臍の緒を見てみたいという感覚は季語の「春惜しむ」にぴったりだと思われる。これは「つきすぎ」という意味でなく、むしろ他に代えられない季語といえると思う。

作者は人間探求派の流れであるが、師の加藤楸邨と同じように古典を深く学び、その中で俳句の詩精神を確立していった。「梟」主宰。二〇一六年蛇笏賞受賞。多くの著書があり、ほとんどすべて私も所有し、読んでいるが素晴らしい。

どこまでが帯どこまでがおぼろの夜

津沢マサ子

（『風のトルソー』所収）

一読、口誦性に富んでいる。覚えやすい句だ。ただし鑑賞は簡単ではないと思う。ある俳句イベントで掲句が「恋の句、恋愛の句」として取り上げられたことがある。それもありだと思う。恋人同士の夜の営みに女が帯を解く。どこまでもどこまでも解いてゆく。しかし解いても解いても終わりがない。つまり女の裸体にたどり着けないで、いつしか「おぼろの夜」がどこまでも続いてゆく。掲句は十七音全体で「おぼろ」という春の季語をメタファーしていると言えるかもしれない。生きていることは、いつまでもいつまでも「おぼろの夜」を繰り返すことであろうし、死んだ後も未来永劫「おぼろの夜」に過ぎないのかもしれない。「どこまでも解いてゆく帯」と「おぼろの夜」などの十七音すべてが、「あいまいな生死の皮膜」の比喩とも考えられる。

作者は一九二七年宮崎県椎葉村生まれ。西東三鬼に師事。高柳重信「俳句評論」の同人。のち退会。〈灰色の象のかたちを見にゆかん〉〈階段の途中はながい秋だった〉など、実生活や日常を凌駕した精神性の強い言語表現が特徴。第四回俳句評論賞、一九七七年第二四回現代俳句協会賞受賞。

夏の句

萬緑や死は一弾を以て足る

上田五千石

（『田園』所収）

生命力に満ち溢れた季語である「萬緑」と「死」をアンビバレンスに対比した魅力がこの句のコアであろう。このような意識的な「生」と「死」の対比を俳句で表現して、人口に膾炙したのは掲句が嚆矢かもしれぬ。五千石は青年期に精神を病んだこともあり、自死をも考えたこともあったという。死の誘惑に真剣に向き合った青年期の憂愁と万緑の力強さの対比は、俳句によって立ち直った己の人生への自負と共に、俳句に賭けてゆく今後の人生への記念碑的な作品として結実したのだ。

「詩のテーマは生と死である。人間の生死をこんなに際やかに抽象化させて掬いとった句は他にない。たった一発何グラムの銃弾のもつ意味は限りなく重い。万緑という生の象徴物の中だからこそ一層脅威となって迫ってくる」と辻田克巳は「俳句研究」（一九八〇年六月号）で述べている。また大槻一郎は「死を詠もうとしない詩人は一流の詩人ではない。信頼に値しないとさえ断言できる。それほどに死は重大な主題なのである」と述べている（『俳句の謎』學燈社、一九九九年）。

掲句は「死」が詩の永遠にして最大のテーマの一つであることを証明した句であり、「萬緑」といえば先人の名句〈萬緑の中や吾子の歯生えそむる　草田男〉に果敢に挑戦している点でも今なお評価が高い作品と思う。

上田五千石は一九三三年東京生まれ。過度の神経症に悩むが、秋元不死男の「氷海」に入会して、神経症が快癒。不死男門で鷹羽狩行と並び称され、『田園』で俳人協会賞受賞。一九七三年に「畦」創刊。一九九七年に急逝。他に〈渡り鳥みるみるわれの小さくなり〉〈これ以上澄みなば水の傷つかむ〉〈早蕨や若狭を出でぬ仏たち〉など。

梅漬けて母はいのちを延ばすなり　野澤節子

（『野澤節子全句集』所収）

この作者は二〇年以上にわたってカリエス（結核）を患い、闘病生活を余儀なくされている。したがって否応なしに「いのちを見つめた句」が多く、私の俳句ノートには多数書き込まれている俳人の一人だ。そのうち数句を挙げる。〈われ病めり今宵一匹の蜘蛛も宥さず〉〈春昼の指とどまれば琴も止む〉〈はじめての雪闇に降り闇にやむ〉〈せつせつと眼まで濡らして髪洗ふ〉〈さきみちてさくらあをざめゐたるかな〉など。

さて掲句であるが、作者の闘病生活を支えたのはまぎれもなく両親の愛情であり、治癒したあとは、両親への感謝を表白した句が少なくない。「梅を漬ける」という行為は当時の女性では毎年恒例のことで、青梅を洗い、塩漬けにして重しをして、二〜三日すると梅酢ができて、赤紫蘇を加えて、色をつけてから、天日で干す。干しては梅酢につけることを繰り返し、本当の梅干しが出来上がる。日本の生活に根差した健康食品でもある。したがってその行為自体が、ただちに寿命を延ばすわけではないが、その心持が、生き甲斐を見出して、長生きに繋がるのである。いやむしろ作者は「梅漬ける」母の行為が神のように尊く、その行為が長命に繋がるといつまでも信じていたいのである。山本健吉は『定本 未明音』の解説で「私が野澤さんの句から受取るものは、趣味嗜好ではなく、いのちの志すところである。感覚的にも実に鋭くて新鮮であるが、それは単に末梢の感覚の鋭さではなく、結局はそのいのち、同時に野性であり……」と述べて、野澤節子の俳句のいのちへの志向を述べている。

あぢさゐの花より懈《たゆ》くみごもりぬ　篠原鳳作

（『篠原鳳作全句文集』所収）

「懈《たゆ》し」はつかれゆるんで元気がない。だるい。心の働きが鈍い。などの意味がある。紫陽花の花が咲いている。花期の長い花であるから、もう秋が近い晩夏の紫陽花かもしれない。すこしみずみずしさが薄れて、元気がない状態の紫陽花であろう。その横にこの句の主人公である女性がたたずんでいる。緩めの衣服をまとって、外見から妊娠しているのがわかる。その女性のすがたを紫陽花の花よりもつかれゆるんでいると詠んでいる。しかしそれはみごもった女性に対しての批判的な目ではなく、慈愛とあたたかさのある措辞に感じる。みごもった女性を紫陽花でメタファーした句はほかにないだろうし、何よりも「懈くみごもる」という出色の措辞を選択している。

作者は鹿児島生まれ。「ホトトギス」にも投句していたが、最終的には吉岡禅寺洞の「天の川」に拠った。無季俳句の代表的作家の一人で、〈しんしんと肺碧きまで海のたび〉〈蟻よバラを登りつめても陽が遠い〉などが代表句。

西日照りいのち無惨にありにけり　石橋秀野

（『定本石橋秀野句文集』所収）

夭折の美貌の俳人であることは有名であるが、彼女の高名な一句といえば〈蟬時雨子は担送車に追ひつけず〉なのではないだろうか。

掲句であるが、作者はすでに「いのちの終わり」を冷徹に見つめている。秀野の魂は体を離れて、むせかえるような西日に照らされて、病床に臥せっている己の姿を見つめている。それは正岡子規がおのれの姿を「痰のつまりし佛」と詠んだことに通底する。「いのち無惨」と断言できるのは己の句魂以外にないのだ。夫である山本健吉も「命死にゆく者の予感にあふれた作品」「俳句が死を覚悟してゐる」と述べている。「西日照り」と「無惨」という措辞が悲惨な内容でありながら、音調もよく響き合い、格調高く詠まれている。痛切ではあるが、おそるべき句魂が横たわった作品であると思う。

端居してたゞ居る父の恐ろしき　高野素十

（『雪片』所収）

私は父があまり好きではなかった。だがそれはそれで所謂「ファザコン」の一種なのかもしれないと冷静になった今では思う。さて、私個人のことはどうでもよいのだが、掲句を読んで、平成のゆとり世代に育った人たちは理解できるだろうか？　といささか疑問ではある。掲句で詠まれている父はまさに「昭和の存在感のある父親」であり、家庭でもただ居るだけで怖がられたり、家の中がぴりぴりしたりした時代の父だ。「地震雷火事親父」が死語でなかった時代なのだ。ただし、地震から火事までは現代でも人々の恐れるものだ。正確には「親父」だけが怖いものではなくなったということだろう。「端居」の季語も昭和そのものだ。今のようにクーラー、エアコンが普及していない時代、夏の夕方など室内の暑さを避けて涼をもとめて、縁側や窓辺近くに出てくつろぐことを「端居」という。「たゞ居る」により、端居している親父の姿をややびくびくしながら、少し離れて見ていることが窺われる。

血清学研究のためドイツ留学していた素十が帰国してからの作品なので、すでに二十代後半の立派な大人になってからの詠みだ。その素十にして、父親に対してこれだけびびっているのだ。それだけ、父の威厳があった時代だともいえよう。

高野素十は一八九三年茨城県生まれ。東大医学部卒業後、法医学、血清学を専攻した。ホトトギス四Sの一人で、虚子の「客観写生」の実践者の一人である。他に〈方丈の大庇より春の蝶〉〈雪明り一切経を蔵したる〉〈空をゆく一とかたまりの花吹雪〉など。

モナリザに仮死いつまでもこがね虫

西東三鬼

（『今日』所収）

金亀虫《こがねむし》は別名を「ぶんぶん」「ぶんぶん虫」などという。金亀虫は体の色から来た命名であるが、別名はやたらにうるさい羽の音からの命名だ。一部の地域ではこれらの呼び名を結合して「かなぶん」とも呼んでいる。この虫の習性として夏の夜に灯火にめがけて、いきなり部屋に飛び込んでくる。電灯や壁にあたって、ぽたりと落ちて今度は急に死んだふり（仮死状態）もするせわしない虫だ。仮死状態のコガネムシを捕まえて、窓を開けて暗い闇に投げ捨てた状況が〈金亀子《こがねむし》擲《なげう》つ闇の深さかな　虚子〉である。

さて掲句であるが、部屋の壁にモナリザが飾られている。そしてその床には仮死状態の金亀虫。まさに取り合わせの句であるが、どちらも相当な存在感を持って迫ってくる。つまり「モナリザの微笑」も仮死のこがね虫と同様に「仮死状態にあるのでは」と思わせる喚起力がある。しかもこの微笑は永遠だ。「永遠性を保つ、永遠に存在する」ということは「永遠の仮死状態」にあることなのではなかろうか。そんなことを思いつつニヤッと笑ってこの句を詠んだ三鬼の顔が私の心の中では永遠の仮死状態で生き続けるのだ。名句である。

産むというおそろしきこと青山河

寺井谷子

（『以為』所収）

作者の代表句の一つともいえる。出産という女性固有の体験をこうまであっけらかんと表白した句はいままでになかったのではなかろうか。「青山河」の季語のもつ生命力と相俟って、女性性の力強さみたいなものが表現できている。

そもそも出産に男性はどの程度参画しているだろうか。子供は自分の腹を痛めて生まれてくるわけではない。実感がなく、ただオロオロするばかりである。「おそろしきこと」と言い切るにはすでに出産した実績、経験があったればこそである。「そらおそろしきこと」とは全く違う。「青山河」という季語と一体となって女性も女体も自然の一部に違いないのだ。

作者は俳人である横山白虹、房子の娘であり、「自鳴鐘」第三代主宰。他に〈死後も桜が合わせ鏡の奥の奥〉〈ゆうぐれのこの世へこぼれ雛あられ〉〈人寰《じんかん》や虹架かる音響きいる〉〈月光を父の後ろに居て浴びる〉〈秋灯かくも短き詩を愛し〉などがある。

母老いぬ地図に泉の記号欲し

江里昭彦

（齋藤愼爾編『二十世紀名句手帖1 愛と死の夜想曲』所収）

国土地理院の定めた「地図記号」、小学校の社会科だったかで習った記憶がある。地図の中の記号をみて、これは学校、これは神社、これは果樹園などと覚えた。掲句を読み調べてみたのだが、地図記号に「泉」の記号がたしかに見つけられない。「温泉」の記号はおなじみの「♨」のマークで存在するのだが、「湧き水が出てくる泉」はない。作者はその事実を知ってか知らずか、「地図に泉の記号欲し」と詠んだ。

このフレーズは、地図をたよりに見知らぬところを歩いてきた母の疲れている様子を見て、ここらあたりに泉があれば、老いた母に飲ませてあげられるのにという息子としての母恋句なのかもしれぬ。泉をエネルギーが湧き出る「みなもと」と解釈すると、生命の泉かもしれない。したがって「地図記号の泉が欲しい」と表現することで、老いた母にまた生命力を蘇《よみがえ》らせたいという息子としての切ない願望をメタファーしたのであろう。地図記号にない泉を詠むことで、いますぐにでも母のために「泉が欲しい」という切なる願いを表白している気がする。

一読の印象とは裏腹に、内実はとても古典的な母恋の抒情の俳句だと私は思う。それをとても新鮮かつ特異な素材でメタファーして表現している。

作者は一九五〇年山口県出身。京都大学卒業。実作、俳句評論の両方に活躍し、第一六回現代俳句協会評論賞受賞。他の作品に〈めきめきと蛇が鳥呑むはやさかな〉〈二枚舌だから　どこでも舐めてあげる〉〈月光はあまねし家庭内離婚〉〈盛装し下着はつけず観る桜〉など。

てんとむし一兵われの死なざりし　安住敦

（『古暦』所収）

「八月十五日終戦」と前書きがある。安住敦は対戦車自爆隊に入隊した。上陸した敵の戦車の下に、一人一〇キログラムの爆弾を背負って飛び込む任務の部隊であり、戦争が続いていたら間違いなく死んでいた運命である。われわれはイスラム過激派やイスラム国のテロ、自爆を遠くのものと感じているわけであるが、実際には日本でも、いや日本人も行っていたわけである。

さて掲句であるが、「『てんとむし』というのは、そのときたまたま、兵隊であるわたくしの眼の前に、その虫が羽をひろげて飛んできたから、ここに置いたのだが、そのちょっと指で弾けば死んでしまうような可憐な虫が、兵隊たちのはかない生命の象徴のようにおもえた」と安住は自解している。てんと虫は死なずに飛び立つことができたわけで、戦の終わりでもあり、新しい人生の始まりでもある句なのだ。

安住敦は久保田万太郎亡き後の「春燈」を主宰。第六回蛇笏賞、紫綬褒章受章。〈しぐるゝや駅に西口東口〉〈ランプ売るひとつランプを霧にともし〉〈雪の降る町といふ唄ありし忘れたり〉など都会的抒情の句を残した。

愛されずして沖遠く泳ぐなり

藤田湘子

（『途上』所収）

藤田湘子の代表句であり、人口に膾炙している。句の内容もほろ苦い青春性を美しく詠いあげていて共感できるのだが、私は初心の頃から、上五〜中七への句またがりである「…ずして…」の用法がとても好きで、何と格調が高くて、素敵な文型なのだろうと思って愛誦している。「ずして」の「ず」は助動詞で、未然形に接続して、打消しを表す。…ない。…ぬ。という意。「ずして」の「して」は副助詞で、サ変動詞の「す」の連用形「し」と接続助詞の「て」が結合したもの。この場合は「連用修飾語」を受けて「…の状態で」という意。したがって掲句では「愛されない状態で、愛されないままで」という意になろうか。文法を「言葉のコスプレ」と言う人もいるが、そうだとしてもなんて素敵な衣装なんだと思ってしまう。思春期あるいは青春前期の少年にとっては、「愛されない」という状態自体が辛く、苦しく、「自分という存在」を全否定されたような焦燥感に襲われるのであろう。そして、沖のどこまでも遠くへ、たった独りで、「泳ぐ」という行為にでる。おそらく、力尽きるまで、自殺行為に近づくくらいまでに「泳ぎ」、これ以上沖へ向かえば、生きては帰れない所まで、泳いだに違いないのだ。

飯島晴子は掲句の鑑賞で「愛されずして沖遠く泳ぐ感傷を許されるのは少年に限られる。青年にはもはやその特権は失われている。それに相手が女性では、この句はなまあたたかく、よごれる。特定の相手を限定するとしたら、傾倒する年長の男性、父とか師とかがふさわしい」と書いている。前半は私も賛同するが、後半の部分は承服しかねる。この句の相手は女性でも構わないと思う。「沖遠くまで泳ぐ行為」には「なまあたたかくて、よごれる」といったイメージは生まれ得ない。なぜなら遠泳すればどんどん体は冷たくなり、清浄な感覚にはなるが、けっして汚れてしまう感覚は生まれないから。

掲句における「ノイズ（予備知識）」を紹介すれば、この句は師である秋櫻子との関係がうまくいかなくなって、困っているときの句だと、湘子本人が後に語っている。そうだとしても、情報（ノイズ）を除外して、この句を単独で鑑賞すればやはり「少年の失恋の句」と思うのが普通だと思うし、そう読み解いたとしても、掲句の素晴らしさに汚点を付けるものでは決してないと思う。

夏芝居監物某出てすぐ死

小澤實

（『立像』所収）

「死」という言葉はあるが、生命（いのち）そのものを詠んだ句ではない。夏は芝居も納涼気分が求められ、怪談ものや早替りものなどを主とした演目や水狂言などが演じられる。陰暦六、七月は江戸では夏祭りが相次ぎ、芝居小屋の客足が悪くなり、その間は中心の役者が休みをとることも多かったようで、この時期こそ若手役者や新人が活躍する機会でもあったようだ。それを考慮すると掲句は趣がある。「監物《けんもつ》なにがし」が役名なのか、役名はあったが観客の記憶に残らなかったのかは不明だが、おそらく新人あるいは若手が満を持して芝居に登場するのだが、端役なのですぐに死んでしまったというオチである。「人生はクロスショットでみると悲劇だが、ロングショットでみると喜劇である」と言ったのはチャールズ・チャップリンであるが、まさに人生を夏芝居に例えて、人間一人一人をその役者と考えると、われわれはみな「監物なにがし」なのではなかろうか。長い長い地球の歴史では人間の一生の役割など端役そのものだと思う。小澤實は「鷹」の編集長を務め、二〇〇〇年から「澤」を創刊・主宰している。俳諧味のある句も多く、〈さらしくじら人類すでに黄昏れて〉〈ゆたんぽのぶりきのなみのあはれかな〉〈貧乏に匂ひありけり立葵〉などの作品もある。

飛込の途中たましひ遅れけり　　中原道夫

（『アルデンテ』所収）

この句は「たましひ」という形而上的（目に見えない）な言葉を使っているにも関わらず、映像が立ちあがってくる句である。飛び込みは一瞬にして水面下に消えてゆくが、その間の一コマ一コマが連続写真のように、残像のように読者の目に浮かぶ。それを作者は「たましひ遅れけり」と表現した。「たましひ」をはじめて可視化させた作品とも言える。あたかも「幽体離脱」のように。この作者は〈白魚のさかなたること略しけり〉の句もあり、見立ての句、機知の句をつくらせたら右に出るものはいないだろう。しかし作者の本当の持ち味は掲句のように不可視のものを言葉で再構築する神通力のような才能にあると私は思う。もちろん形而下のもの（目に見えるもの）をもう一度詩の言葉に再構築する〝俳筋力〟も凄い。川名大は『現代俳句―名句と秀句のすべて』（ちくま学芸文庫、二〇〇一年）で「この作者の美質の中心は卓抜な機知と諧謔にあり、この才は両刃の剣でもある」と述べている。凄い俳句というのは元々、誤解される危険性をはらんだ「両刃の剣」だと私は思っているので、この殺傷力を手にしたいといつも憧れている。

作者は一九五一年、新潟県岩室村生まれ。一九九〇年、第一句集『蕩兒』で俳人協会新人賞、一九九四年、第二句集『顱頂』で俳人協会賞を受賞した。一九九八年「銀化」創刊・主宰。

蛇よりも殺めし棒の迅き流れ

鷹羽狩行

（『五行』所収）

鷹羽狩行には〈落椿われならば急流へ落つ〉など有名句が多いが、これは知る人ぞ知る句の一つかもしれない。冷徹な目で生命の推移を見ており、その非情さも示唆している。虚子の名句〈流れ行く大根の葉の早さかな〉に近い客観写生も兼ね備える。

田舎道を歩いていると蛇に出くわすことがある。ヤマカガシあるいはマムシ、アオダイショウなど。マムシは強毒を持っているので殺してしまうか、叩きのめす前に逃げる。したがってこの句の〈蛇〉はアオダイショウかもしれない。

身の危険を感じれば、人間は残酷なまでに狂暴になり得る。出て来た蛇を、おもわず近くにあった棒切れを振り回し、叩き殺す。ほぼ死にかけたら、その殺戮した棒に巻き付けて近くの川に捨てるのだ。はじめは殺した蛇を、そのすぐ後に殺戮に使った棒切れを。さっきまで生きていた蛇は浮き沈みしつつ流れてゆくが、後から捨てた棒切れはすいすいと蛇よりも早いスピードで流れていった。命の重さなどは考慮せず、純粋に流されてゆく速さだけを詠む。非情なまでの客観写生。ここにこの句の凄みがある。

現俳壇巨星の一人、鷹羽狩行は一九三〇年、山形県新庄生まれ。一九四八年「天狼」入会。

一九五四年「氷海」同人。一九六五年第一句集『誕生』で俳人協会賞受賞。一九七五年芸術選奨文部大臣新人賞受賞。一九七八年「狩」創刊・主宰。二〇〇二年毎日芸術賞受賞。俳人協会名誉会長。二〇〇八年句集『十五峯』で第四二回蛇笏賞および第二三回詩歌文学館賞受賞。

星かくも隔てて籠の螢死す

鷹羽狩行

（『十二面』所収）

「蛍」を詠むときほとんどが、蛍狩や、夜の闇で蛍が飛ぶ景などが対象である。これに対して「蛍籠」という生活の季語があるために、蛍籠の句もたくさんあるが、掲句のように蛍籠に飼われている蛍を詠んだ句はおどろくほどに少ない。自然環境破壊で蛍そのものが減っているせいもあるだろう。

さて掲句であるが、夏の夜空にたくさんの星が瞬いているにも関わらず、いま作者の飼っている蛍籠の蛍は命を終えようとしている。夜空の星と蛍籠の蛍と、発光体としてのアナロジーがあるが、遠く遠く離れた存在である。「星かくも隔てて」という措辞でその遥かなる隔たりを強調したことによって、逆に読者は発光体としての両者の共通点を無意識に見出すのである。そして死後の蛍があたかも夜空の星として瞬くかのような詩的錯覚を起こすのだ。

鷹羽狩行は蛍の秀句も多い。〈水くぐり来し火とおもふ恋螢〉〈霧吹いて螢籠より火の雫〉〈螢死すこの世のひかり出し尽し〉など。

死螢に照らしをかける螢かな

永田耕衣

（『悪靈』所収）

耕衣の俳句は観念的、禅的な東洋的思弁に彩られた句が多く、どちらかと言えば難解句が多いのであるが、掲句は比較的わかりやすい句といえよう。蛍があまた飛び交う自然豊かな水辺であろうか。そこをクローズアップして、明滅を続けている蛍のそばで、光を発しない蛍がいる。すでに死蛍かもしれない。しかし、生きた蛍はそんなことはお構いなしに光を放ち続けるのである。生死はこの句のごとく、隣り合わせ（表裏一体）のもので、死は生を支えて、生は死を支えているのだ。いのちは死を前提にしているので、それだけで荘厳ではあるが、残酷なものでもあるのだ。森羅万象すべては陰陽（光あるものと光らぬもの）から形成されているともいえるのだが、これも東洋的思想かもしれない。

螢火はしづかに闇に置く言葉

長塚京子

（齋藤愼爾編『二十世紀俳句手帖１ 愛と死の夜想曲』所収）

一読、不思議な感覚の句である。たとえば「闇に置く言葉のやうに病螢」という作り方であれば、理解しやすいが、これほど心にも残らなかったはずだ。形としては直喩ではなく隠喩（メタファー）である。しかも「言葉」という措辞で終わっている。カメラをロングショットからクロスショットへ切り替えた途端に、なにも映像として残さずに画面が消えてしまった感覚。螢火を闇にしづかに置く、までは視覚的内容だが、言葉という聴覚に切り替わった途端に俳句がストップしている。劇場の「暗転」のようでもある。つくりとしては「螢火＝しづかに闇に置く言葉」ということになる。作者は「蛍狩り」をしたのであろう。闇の中で明滅しては、視界から消えてゆく蛍火をいくつも見て、「ああきれいだ」と小声でつぶやいたかもしれない。「蛍狩り」が終わり、帰宅途中で、作者の眼の裏にたしかに、蛍火の残像は残ってはいるが、それは記憶の中の残像であり、実体としては何も存在しない。それはあたかも「闇の中で静かにつぶやいた言葉」と何ら変わりがないという事実に気づいたのであろう。言葉も形として書かなければ、蛍火と同じで、記憶の中でしか生きられない、存在しないものなのだ。

さつきから螢火中りして頭痛

鳥居真里子

（齋藤愼爾編『二十世紀俳句手帖1　愛と死の夜想曲』所収）

「〜中り」という言い方は、ふつうは飲食物などによって、体がそこなわれることを言う。「食中り」「暑気中り」「湯中り」など。とくに「湯中り」は過度の入浴のために、気分が不快になり、あるいは身体に異常を生じることをいう。掲句はこの「湯中り」に対する「螢火中り」なのだと思う。闇の中で幻想的で美しい蛍火をあまりに多く、長い時間見てしまったために、かえって体調が悪くなって持病の頭痛が起こってしまった、という意である。「さっきから」といういささか乱暴な導入部分と、「螢火中り」という詩的な造語がコアの句である。和歌の時代から「恋」や「魂」の比喩としても使用される「蛍」という伝統的な季語を「〜中り」という俗な病態を示す言葉として組み込んだ新しさが佳句を生んだ。「さつきから」の導入で私の愛誦句としては〈さつきから夕立の端にゐるらしき　飯島晴子〉がある。

まず目から亡ぶこの世の夏景色

三森鉄治

（齋藤愼爾編『二十世紀名句手帖1 愛と死の夜想曲』所収）

掲句の「この世の夏景色」とは何であろうか？ 夏に認められるすべての森羅万象なのであろう。夏らしい景色、夏の山河、夏の生活、夏の花鳥風月、夏の天体すべてを表しているのだと思う。「この世」と言っているから、一人の人間が生命を保っている期間に見ることのできる、夏らしいすべての景色を指すのであろう。人間の一回性の生の中で、夏となると、一番生命力盛んな時期ともいえる。そこに上五から中七への措辞である「まず目から亡ぶ」だが、これが逆に目を引く。一般に言うと人間は目から衰える。脳科学から言えば脳から衰えると言った方が適切かもしれない。目はもともと脳から分化した究極の神経器官であるから、早期から老化現象は起こってくる。「見る」「視る」「観る」「診る」ということは、目によって物事を認識することである。ゲーテは「目で見ることが一番むずかしい」と言っているが、その通りである。人間は「見ていて、見えてない」ことがあまりに多いのである。皮膚科学は皮膚を診ることが仕事だが、実際には見ていても、見えていないドクターが実に多いのだ。つまり、本質、真実、真理を見つめることが最も困難なのである。掲句は人間が人間であるために遭遇する最も根源的な運命を十七音で述べているのかもしれない。

明日死ぬ妻が明日の炎天嘆くなり

齋藤 玄

（『玄』所収）

七＋七＋五の字余りになっているが、この句の内容を見れば、逆に一七音に収まるのが不自然な気もしてくる。掲句に対して飯田冬眞氏が《「明日死ぬ」と口にしたのはおそらく妻なのだ。それは病苦にあらがう妻の肉声であったはずだ。そして投薬の後、激痛が鎮まると「明日の炎天」を嘆いてみせる妻に玄は人の生というものに「あはれ」を感じとったのではないか》と鑑賞している。つまり飯田氏は癌で苦しむ妻自身が「明日死ぬ」と言ったと読んでいる。

氏は掲句の含まれる連作「クルーケンベルヒ氏腫瘍と妻」一九三句を精読しているので、このことが事実なんだと思う。ただし私はこの句を読んだ時、全く違う読みをしていた。「明日死ぬ」と言った、あるいは思ったのは夫である玄であり、何も知らない妻は己には明日も明後日もあることを信じて、「明日もとても暑そうだね。」と嘆いてみせたのである。私は医者であり、人の死を何度も診てきているので、「明日死ぬ」と判断できる。したがって、自分の妻の臨終の経験と重ね合わせてこの句を読んだ。そして共感した。だが確かに玄は医療従事者ではないから、妻の死は予見できないであろう。そうすると飯田氏の読みは正しいのだと思う。しかしそれでも尚、自分の深刻な状況を自覚している患者自身が「明日死ぬよ」と言うだろうか、と私は今でも拘っている。ただ、玄の妻が自らの口で自らの死を口に出したかどうかは恐らく、読者にとっては大きな問題ではなく、この深刻で哀切極まりない句をただ嚙み締めるだけで、掲句は存在する価値があるのだ。

ちなみにこの連作一九三句について石川桂郎がその序文で、「冷静というより冷酷である。人間愛に欠いているためか、読後のあと味の悪いものが残る」と酷評を記している。私にとって石川氏のこの評は違和感がある。齋藤玄は人間の生のあわれを詠んでいるのであり、「悲しい、哀しい」が連呼されている作品ばかりが、夫婦愛、人間愛ではないはずだ。私は玄と同じ立場になった時に「かなしい」を連呼するような俳句作品しか残せなかった気がする。この連作一九三句には「かなし」という言葉は決して使用されていない。玄の作家魂を強く感じるのだ。

いくたびも死にそこなひしゆかたかな

結城昌治

（『余色』所収）

一読、いなせに「浴衣」を着こなした高齢男性を想像する。その職業は小説家やライター、あるいは芸能界関係など。「いくたびも死にそこなひし」が大げさではなく、自然にすわっている。それこそ、戦争体験、闘病体験、事故などの体験、女性問題での修羅など、何でもいいのである。高齢になれば、何度か死にそうな目に遭うことは当然のことであるが、それを「ゆかた」という季語がすべて受け止めてくれている。いくたびも修羅を経験してきて、いま現在はすっきりしていて、落ち着いた人生を歩んでいる作者の表情や姿が浮かんでくる句なのだ。人生のプライドも含羞もすべて「ゆかた」が優しく包んでくれているようだ。「そこなひし」という過去形がこの場合は利いている。

作者は一九二七年、東京生まれ。肺結核を患い、清瀬の国立東京療養所に入所。そこで石田波郷、福永武彦を知る。句作を始めたのちに文筆活動に入り、一九七〇年、『軍旗はためく下に』で直木賞、一九八五年、『終着駅』で吉川英治文学賞を受賞。『歳月』『余色』など句集も上梓。

日盛りの畳つめたき父の家

辻田克巳

（齋藤愼爾編『二十世紀名句手帖1 愛と死の夜想曲』所収）

日本家屋で畳の部屋は、冬はぬくもりがあり夏は涼しく、とても機能的につくられている。大学生の頃、夏休みに生家に帰省して、畳の部屋に坐るとそのひんやり感が何とも心地よいものであった。さて掲句であるが、下五が「父の家」になっている。つまり母はそこにおらず、父だけがいる家であると理解できる。「日盛り」の暑い日に、久々に作者は父の家を訪れた。そして畳の部屋に入った時の感覚をそのまま詠んだのであろう。畳の部屋は仏壇が置かれていることが多く、作者も父の家を訪れたときはかならずその部屋に入り、拝むのかもしれぬ。「つめたき」という感覚は清涼感のみでなく、作者の心理状況も反映されての措辞であろう。高齢者は基礎代謝が落ちているから、平常体温も低い。したがって父の手などに触れるといつもひんやりしているのだ。そんな作者の父に対する温度感覚と、心細さと、父の身体を気遣っている心配が、ない交ぜになって「畳つめたき」と言わしめたのだと思う。

作者は一九三一年京都府伏見生まれ。一九五七年「天狼」「氷海」に入会。一九八〇年、『オペ記』で第四回俳人協会新人賞受賞。一九九〇年「幡」創刊・主宰。

ひととせはかりそめならず藍浴衣　西村和子

（『かりそめならず』所収）

中七までがなんと美しいフレーズなのだろうと、感心してしまう。「ひととせ」「かりそめ」と古めかしい言葉を使っているようだが、この十二音の言葉の塊は、たいへん心地よく、すこし物悲しく、こころの風鈴を鳴らすようである。私なりに鑑賞すれば「一年という時の流れは夢のように早く過ぎるが、かろがろしいものでは決してありません」という意。

作者は夏の準備で、毎年愛用の「藍浴衣」を押入れから出してきたところであろうか。もしくは、自分の娘のために準備したのであろうか。いずれにしても、その「藍浴衣」を一年ぶりに手にして、そういえばこの一年、早く過ぎ去ったが、いろいろなことがあったなあと「ひととせの出来事」を追想しているのかもしれない。わずか一年とはいえ、昨年まで元気だった家族の一人が亡くなったかもしれないのだ。私の妻が亡くなって七年になる（二〇二〇年時）が、盆用意の頃になると、時の流れの早さに愕然とすると同時に、その重みに気づいてしまうことも多々ある。昨年の今頃は元気に一緒に用意をしてくれた人が今年はもういないということもある。一年前は存在しなかった新しい命が生まれて、家族が増えることだってある。一年経過するということは、確実に人生の持ち時間が一年減るということなのだ。中七までは、多くの読者にそれぞれの読みを許容するふところの大きなフレーズであるし、下五の「藍浴衣」が実に品よく、美しく座っていて、この句全体を引き締めている。

作者は一九四八年、横浜生まれ。清崎敏郎に師事し、「若葉」に投句。一九八四年、『夏帽子』で第七回俳人協会新人賞、一九九六年行方克巳とともに「知音」創刊・代表になる。その後、『虚子の京都』で俳人協会評論賞、『心音』で第四六回俳人協会賞受賞。写生の基本があり、古典文学の素養に加えて、鋭い感性と温かい情感がある作風。その他に〈熱燗の夫にも捨てし夢あらむ〉〈寒禽の取り付く小枝あやまたず〉〈初めての町なつかしき夕桜〉など。

冷されて牛の貫禄しづかなり

秋元不死男

（『万座』）

季語の「牛冷やす」で歳時記を繙《ひもと》けば、必ず出てくる名句と言えよう。昔、農耕に使われた馬や牛は、一日の労働が終われば体を洗ったり、蹄を冷やしてもらったりしていた。その牛の景に対して、ふつうの作品であれば、平凡で詩的ではない「貫禄」という言葉が見事に活きている。過去の鑑賞を読んでも、この「貫禄」に注目していることが多いが、掲句は「貫禄しづかなり」がセットになって素晴らしい効果を挙げているのであろう。「貫禄」という措辞からの読者の印象は「傲慢」とか「横柄」とかを予想するが、それを逆手にとった「しづか」という措辞が有効にはたらき、ゆったりと冷やされて佇んでいる牛の姿がたしかに目に浮かんでくる。自解の文章に「一日の苦役を終えた耕牛は、川や沼などに曳かれて行って蹄を冷やし、疲労を癒してもらう。苦役を果たしているときの牛は動く機械に等しいが、水の中に入れたときの牛は本来の牛に還る」とある。作者が使役牛を愛情をもって写生していることがわかる。

号泣の眼の端をゆくかたつむり

対馬康子

（『純情』所収）

最大級の悲しみが訪れて号泣するとき、その号泣する人間にとっては、すべてのものが止まっている感覚であろう。悲しみの真っただ中にいるとき、自分の思考回路も止まっている。そんな目にあうと私はよく、その時の記憶が全くなくなる時がある。つまり悲しみが強すぎて、潜在意識の中でそのことを忘れようとしているのか、記憶喪失のような感じになる。読者の皆さんはどうであろうか。

どんなに悲しいことがあっても、地球が回転を止めることはない。今この瞬間も北海道では秒速約三九〇メートルというものすごいスピードで回っているのである。

さて掲句であるが、作者にもよっぽど悲しいことがあったのだろう、声を出して泣いている。その視野の端っこで、かたつむりがゆっくりと動いている。自分がどんなに悲しくて号泣のさなかであっても、かたつむりは自らの営みを止めずにのんびりと進んでいるのだ。いささか虚を衝いているかもしれぬが、これがこの世の真実だと思う。自分がどんなに悲しくても、病でどんなに辛くても、地球上の生物はそれぞれの営みを止めることはない。人間の悲しみも、生死も個々にそれだけのことであり、それを超越することでもないのだ。

対馬康子は一九五三年香川県高松市生まれ。中島斌雄が主宰する「麦」に入会。一九九〇年有馬朗人の「天為」創刊に参加。「麦」会長。「天為」最高顧問。〈乳与う胸に星雲地に凍河〉〈いつもかすかな鳥のかたちをして氷る〉など。

夏蓬きれいな舌を見せあいぬ

永末恵子

（『発色』所収）

中七以下の「きれいな舌を見せあいぬ」にまず魅かれる。この行為はどういうことだろう。舌は消化管と繋がる。医学的には内臓を見せ合うようなものかもしれない。つまり「はらわた」を見せあうような行為とも言える。お互いに信頼しきった、疑いのない動物の親子のふれあいのようにも感じる。舌を見せ合う行為は愛欲の行為にも似ている。苺シロップを食した後の子供たちが行う、赤く染まった舌を見せ合う行為。これもなんの虚飾もない、一種の根源的な人間同士のふれあいではなかろうか。しかも「きれいな舌」である。舌が言葉をしゃべる装置だと考えれば、綺麗な言葉を見せ合う行為なのかもしれぬ。

掲句はこのような根源的で虚飾のない行為を「夏蓬《なつよもぎ》」と取り合わせている。丈高く伸びた夏の蓬は山や路傍などいたるところに生えて、夏になると茎は木の様に固くなり、茎の上に淡褐色に小さな花をつける。下葉は枯れながら荒々しく茂り合い、風に吹かれては白い葉裏を見せる。白い葉裏を見せ合うと言っても良い。夏蓬の茂るさまは荒れさびた感が強く、「蓬々《ほうほう》」という形容詞はここから生まれた。この季語に隠されたキーワードは「荒れ放題、あるがまま」ということであろうか。ここにも根源的な、何のたくらみも、よけいな知性もない生命の荒々しさがあるのではなかろうか。つまり掲句は二物衝撃というよりは、十七音すべてが一塊になって、「根源的な生命のありよう」を見せている。「きれいな舌を見せ合う」のも「夏蓬」もすべて「根源的な命」をメタファーしているとも取れる。

作者は詩人、俳人。一九八八年より句作をはじめ、橋閒石に師事した、知る人ぞ知る俳人である。他にも〈全員に傘ゆきわたる孤島かな〉〈小数点以下省略のかきつばた〉〈炎天下おなじ家から人が出る〉〈ふりかけの音それはそれ夕凪ぎぬ〉〈天の川由々しきことに臍がある〉〈静電気われ蓬野へ蓬野へ〉など不思議な味わいのある佳句を残している。

空をはさむ蟹死にをるや雲の峰

河東碧梧桐 （乙字編『碧梧桐句集』所収）

海辺、波打ち際であろうか、蟹が大きなハサミを閉ざして、空《くう》を挟んで死んでいる。その遠景には雲の峰がもくもくと湧き上がってきているのだ。空虚な無常観と、生命の哀感が雲の峰との対比で詠まれており、遠近法を駆使している。はじめ「空《そら》をはさむ」と私は誤解していて、その方が背景の雲の峰や大空との対比になると考えていたが、空《くう》で蟹がすでに死んでいるという事実と、空虚、虚無感を表白したかったのだと推察している。それでもなお私は「そらをはさむ」の方が好きだったなと思うのである。あくまでも私見であるが……。

虚子とともに子規門の双璧と言われた碧梧桐は俳句の新傾向運動を展開し、のちに有季定型を壊してまでも詩を求めてさまよってゆく。「万有季題論」を唱えたが、後に行き詰まりを見せて、還暦になり俳壇から引退した。代表句は〈赤い椿白い椿と落ちにけり〉〈思はずもヒヨコ生れぬ冬薔薇〉〈三味線や桜月夜の小料理屋〉など。

南国に死して御恩のみなみかぜ

攝津幸彦

（『鳥子』所収）

掲句を鑑賞する前に、まず中学高校で習った日本史の知識をもう一度おさらいせねばならない。「御恩」という言葉の対義語が「奉公」である。ともに封建制度を根底から支えた思想的基盤であり、主君、主人に対して命を賭して仕える見返りに本領（土地）を安堵してもらう。互恵的な契約で、鎌倉時代にほぼ完成した。その鎌倉幕府が倒れたのは、元寇を撃退した武士たちの「奉公」に対して、幕府が十分に「御恩」（恩地給付）をしなかったことが遠因と言われている。武士の時代が終わり、明治復古になると巧みな皇民化教育によって、いつの間にか「御恩」は「天皇の赤子《せきし》であることそのもの」となり、「奉公」は「滅私奉公」へとすり替えられていったのだ。即ち、権力者（政府や天皇）は新たな土地や給付など何のコスト負担（御恩）もなく、「赤子である国民」の命を消費できる権利を得たのである。ちなみに私の父は一九歳からの一〇年間、まさに青春時代を「滅私奉公」に費やして、シンガポールなど南方戦線で戦い、奇蹟的に生きて帰って来られたのだ。

さて掲句を読んでいくと、「南国に死して」はおそらく、フィリピン、マレー、インドネシア、ニューギニアなどで水漬く屍となった無名の日本軍兵士たちを指しているのであろう。かれらの「奉公」に対して何の「御恩」もないばかりか、餓えて野ざらしとなり、いまだに遺骨も還ってこないまさに犬死の兵士のなんと多かったことか。だが、やがて南国に南風が吹き、わずかな御恩として涼やかに渡っていることを、イロニーを込めて詠んでいるのであろう。この「御恩」という強烈な皮肉は、無名兵士たちの死を「玉砕」とか「英霊」という言葉で美化した為政者たちの意図を暴き、兵士たちの辛い犬死の事実を白日の下に晒そうとしているのであろう。辛辣な内容に比べて、読者にのこるものは不思議と温かい感覚と、美しさである。掲句が人口に膾炙した一因であろうと思う。

作者は一九四七年兵庫県生まれ。一九六九年坪内稔典とともに同人誌「日時計」に創刊参加。一九八〇年同人誌「豈」創刊。一九九六年病により四九歳で急逝した。結社に属せず、ほとんど独学で俳句の本質を体得し、掲句のような独特のスタイルを獲得。作者ならではの言語感覚と、多彩で広いモチーフを持ち、新興俳句でもない、前衛俳句にもない作者独自の詩を生み出していった。二〇〇〇年から二〇一〇年までに出てきた新しい俳人たち（ゼロ年世代）には絶大な影響を与えたと言っていい。その他の作品に〈幾千代も散るは美し明日は三越〉〈南浦和のダリアを仮のあはれとす〉〈殺めては拭きとる京の秋の暮〉〈階段を濡らして昼が来てゐたり〉〈露地裏を夜汽車と思ふ金魚かな〉など。

一斎に死者が雷雨を駆け上る

片山桃史

（『片山桃史集』所収）

片山桃史は一九一二年生まれ。一九三五年に日野草城の「旗艦」に創刊同人として参加し、一九三七年応召。中国大陸各地に従軍しながら詠んだ前線俳句を「旗艦」誌に発表した。後に応召された富沢赤黄男とともに前線俳句は「旗艦」の巻頭を飾った。赤黄男に心象を映像化した俳句が多いのに対して、桃史は現実派であり、眼前の場面や事象を句に詠んでいた。赤黄男とともに戦争俳句の傑作を残していった。一度帰国したが、再び応召され、東部ニューギニアでわずか三二歳で戦死した。存命であれば富沢赤黄男とともに新興俳句の雄として活躍したに違いない。

掲句であるが、死者を「兵士」に置き換えれば、隠れていた兵士たちが雷雨の中、一斉に敵に向かって丘の斜面を駆け上るさまがありありと映像として浮かぶ。前線の桃史にとっては兵士＝死者であり、死ぬことを予期して敵に対峙していたのだろう。もう一つの読みとしては、すでに多くの屍（しかばね）が眼前に転がっており、そこににわかに雷雨が降り注ぎ、その雷雨に沿って死者たちが駆け上っていくかのように、天に召されるという心象的な景も想像できる。

その他〈兵隊の街に雪ふり手紙くる〉〈凍天へ弾キュンキュンと喰ひ込めり〉〈千人針はづして母よ湯が熱き〉〈闇ふかく兵どどと着きどどとつく〉など多くの佳品を残している。

虹の根に近づき虹を見失ふ

貝森光大

（齋藤愼爾編『二十世紀名句手帖1 愛と死の夜想曲』所収）

「虹」という空の現象は美しく、はかなく、昔から俳句や詩歌に詠みこまれている。虹の橋を渡りたいとか、虹に少しでも近づいて、この手で掴んでみたいとか、そんな憧憬は老若男女持っているのではなかろうか。

虹や逃げ水などは近づいて近づけるものではない。特に虹は遠くからだと、太陽の光が空中の水滴を通り抜けるときに、その色の屈折率の違いによって、外側から赤、橙、黄、緑、青、藍、紫に分かれて見えるわけである。したがって近づけば見失うのは自明の理なのだ。とはいえ、掲句は古来からの人間の夢（願い）を叶えようとして、虹に近づき、案の定、虹を見失ってしまうむなしさを詠んでいる。実は見失うことで、作者の心の達成感や安堵感が得られたかもしれない。

人間は本当に叶えたい夢や願いというのは、叶わないからこそ夢（願望）としていつまでも持つことができるわけで、作者のそんな安心感が窺える句だと思う。虹をリフレインすることで、結果的には虹を見失ってしまったが、確かに虹の根に近づいたという手ごたえが作者にはあったのかもしれない。

髪洗ふいくたびも修羅くぐりきて　木田千女

（齋藤愼爾編『二十世紀名句手帖１　愛と死の夜想曲』所収）

掲句の「修羅」は女性ならではの修羅（争い、闘争）なのだと思う。それは恋人や夫婦関係かもしれないし、もつれた、実らない恋なのかもしれない。時には夜逃げ同然の恋かもしれないし、心中寸前までいったこの世で成就しない恋なのかもしれない。いずれにしても中七以下で、いくたびもそのような修羅を潜り抜けてきたことを表白している。もちろん、長く生きていれば、恋愛だけではなくて、生老病死、人間関係の確執など様々な修羅が存在する。そしてそのたびに作者は、修羅を洗い落とすかのように、振り捨てるかのように今日も髪を洗っているのだ。そういう意味では濃厚な情念の世界である。

木田千女は一九二四年大阪生まれ。一九五三年「京鹿子」入会、一九七八年「天塚」創刊・主宰、のちに名誉主宰。二〇〇八年句集『お閻魔』で、第四回日本詩歌句協会特別賞受賞。作者は女性ならではの恋愛、情念の句だけではなく、反戦俳人の印象も強い。他に〈吊り皮のみな手錠めく敗戦日〉〈流灯やひろしまの石みな仏〉〈お閻魔へいまさら許してなど言へず〉など、俳諧味豊かな句も多い。

揚羽来るまだあたたかき骨壺に

坂本宮尾

（『天動説』所収）

人生で何度、骨を拾うことになるのだろう。私はもう複数回経験した。いつか自分が拾ってもらうまで、こんな経験はもうしたくないなと思う。さて、火葬後に遺骨を拾いあげて、骨壺に入れることを、「骨揚げ」というが、まだ生暖かい骨壺を抱いて、遺族が「骨揚げ法要」に向かうために、外に出る。するとあたかも魂が戻ってくるかのように、その骨壺を抱いた遺族のところに、一頭の揚羽蝶が近づいてきたのだ。遺族たちは悲しみのさ中、死者がまるで帰ってきたかのような感覚で受け止めたのではあるまいか。悲しくも、すこし心があたたかくなる光景だ。〈凍蝶の己が魂追うて飛ぶ　高濱虚子〉や〈蝶を追ふ多佳子大姉の先んじて　平畑静塔〉〈棺を担げば棺の下ゆく黒揚羽　吉田さかえ〉という風に、蝶々はやはり故人の魂の代わりに、あるいは救済するように飛び回り、句に詠まれることも多い。虚構だとしても秀句に変わりはないのだが、掲句はおそらく実景であろう。なぜなら「揚羽蝶」はこのような状況に出没しやすい生物だと思うのだ。

作者は一九四五年旧満州大連生まれ。山口青邨に師事。「夏草」同人になるが、作句を中断し、一九九〇年「天為」同人。他に〈星流る失楽園のはじめより〉〈しゃぼん玉吹きたくさんの顔飛ばす〉〈ほうたるとひとつ息してゐたりけり〉など。

ただ一度蟬の通りし蟬の穴

吉田汀史

（『一切』所収）

「蟬の穴」は「蟬生る」の傍題として歳時記に掲載されている。樹皮に産み付けられた卵がかえると蟬の幼虫は地中に潜り、何度か脱皮を繰り返したあとに、地中から出て、翅のある成虫になる。蟬が地中から地上に出てくるときの穴を蟬の穴という。この穴を出て、蟬は羽化をするのである。多くは木の根元に複数の穴として認められることが多い。幼虫は羽化の時期が近づくとまず地上付近の地中五センチくらいまで移動して、外の様子を探ると言われる。次にそこから地上めがけて掘り進み、無事貫通すると、すこし戻り穴の中で夕方になるのを待つ。夕方、周りが静かになると穴から這い出して樹にのぼり樹で羽化をする。

掲句のコアは「ただ一度」という措辞だと思う。蟬はその一回限りの生を全うするのに、一回限り穴を掘ってそこを通るわけである。まるで人間が一度だけ産道を通ってこの世に生まれることと似ている。よく「生命の一回性」と言われる。たとえ人類が何百万年生まれ続けたとしても、個々の個体は二度と存在しない。どの命も二度同じ命というものはないのである。もちろん「一度通った蟬の穴」を他の蟬が使用することもない。普遍的な事実を提示しただけの句でありながら、その意味するものは深いのだ。

空蟬をつぶすこはれぬものが欲し　伊藤トキノ

（『花菖』所収）

「空蟬」は「蟬の殻」であるから、はかなく、壊れやすいものである。「はかないもの」の代表的な季語だ。作者はそれを敢えてつぶして、その上で中七以下の表白をしている。もちろん、「永久に変わらぬもの、永遠につづくもの」を求めるのは人間の欲求として誰にでも内在するものだろう。しかし、それをあからさまに表白するだけでは詩にならない。それに相反する行為を作者はなしている。しかも、ただでさえ儚くて壊れやすい「空蟬」をつぶすという行為である。ここに作者の心理的葛藤が現れている。知的要素（永遠を求める知）と感情に任せて破壊してしまう感覚がうまくバランスをとって一句に構成されている。「永遠を求める」という儚い欲求を作者はこれからも持ち続けてゆくのだろう、空蟬をつぶしながら。おそらく文芸も芸術も、究極的には「永遠」というものに繫がるために追い求めてゆく。文芸作品を作り続けてゆく営為は「空蟬をつぶしてゆく行為」に近いのではないだろうか。

露地裏を夜汽車と思ふ金魚かな

摂津幸彦

（『陸々集』所収）

十七音全体から立ち上がってくる情景や思い出は、読者個々の実体験に基づく。誘導されるそれらは皆違う。それで鑑賞はいいのだと思う。

掲句の解釈は以前から「金魚論争」と言われて分かれているらしい。つまり「露地裏を夜汽車と思ふ」主体は作家である幸彦なのか、金魚なのか。どちらにしても面白い解釈ができると思う。

座五に「金魚かな」と詠嘆の「かな」を付けていること、金魚の直前に連体形とも終止形とも取れる「思ふ」があること。この二つが意見を分かれさせる本体だろう。「思ふ」が終止形だとすると、ここで切れが入る。思う主体は作者であると考えるのが自然だが、そうすると座五の「金魚かな」が唐突すぎる。「露地裏の灯が動いているのを夜汽車だと思った主体」は「金魚」とした方が自然なのではないだろうか。お祭りで売られていた、金魚すくいの水槽の中の一匹の金魚である。掲句の主人公は金魚すくいを三回チャレンジしたのだが、すくえなかった代わりに、屑金魚を一匹だけ貰って、ポリ袋に提げて、露地裏の家まで向かっているのだ。私は、そのポリ袋の中の屑金魚の視点から見た俳句だと思うのだ。

掲句は作者がプロテウス（自由に形態を変えられるギリシア神話の神）として、金魚に化身して詠んだ句だ。ポリ袋を透って歪んで見える露地裏の夜景は、次々と後ろに灯火が走ってゆき、夜汽車が通り過ぎて行ったように見えたであろう。それは懐かしくもあり、少し悲しくもあり、行先の不安な昭和の時代の心象風景でもある。一匹の哀れな屑金魚が見た心象風景だと思うとなおさら感慨深い景である。

昼顔のほとりによべの渚あり

石田波郷

（『鶴の眼』所収）

波郷初期の傑作で、人口に膾炙している句であるが、実際に読み解こうとすると容易ではない。リズムがすばらしいし、助詞「の」の畳み掛けで、読むものの心を魅了し、記憶に残りやすい句である。しかしどんな読みも可能にするような奥行きを持つことも確かだ。おそらく真昼間であろうか、昼顔のそばに佇つ作者は、「よべの渚」を感じているのだ。鷲谷七菜子は「青春の憂愁のようなものを感じる」と述べ、平井照敏や川崎展宏もこの句に一読魅了されたことを回顧している。

眼前にある昼顔を契機に少し前の時間（前夜）を回顧している。おそらく作者は昨夜も同じ昼顔の傍らに佇んでいたのであろう。わずか十数時間前のことを振り返って、青春を回顧するかのように、時間の流れを愛おしむ感覚が伝わる。浪漫色豊かな句である。

しかし、よく考えると一昼夜前を契機に青春を回顧するかどうかについては、やはり謎が残る。むしろ前夜に逢った親しい女性とのやりとりや、女性との濃密な時間を回顧しているのかもしれない。そういう意味では川崎展宏が「恋というだけでなく、セックスも感じます」と述べているのは、詭弁ではないと思える。

死に顔まで責任もてぬ青芒

岸本マチ子

（角川「俳句」二〇〇四年一〇月号所収）

おもわず微苦笑して、そのあとで考えさせられる句である。「青芒《あおすすき》」は穂が出る前の青々と茂った夏の芒のこと。春に芽を出して、夏になると一メートル以上に及び、葉は剣のように細長く尖り、切っ先のようである。また力強く、勢いがある。風にそよぐ青芒は涼感を呼ぶ季語でもあるが、夏に掻きわけかきわけて芒の中を行くと顔に傷がつくかもしれぬ。草間時彦に〈顔入れて顔ずたずたや青芒〉という作品がある。もしかすると掲句は時彦の句からイメージを広げたのかもしれない。いずれにしても中七までの「死んでからあとの自分の顔には責任がもてない」という表白は可笑しくそして、考えさせられる。生きている間はすべてに責任を持つという強い自負を感じるし、私も共感する。これだけ精一杯、責任をもって仕事しているのだから、せめて死んでからの顔が緩んでも歪んでいても勘弁してほしいと思うのだ。「青芒」の季語は二物衝撃として十分化学反応を起こしていると思う。この季語の使用はもしかすると、「顔は責任持てない」と言いながら、死後の顔はやっぱり若々しくありたいという作者のアンビバレンスな心かもしれない。

作者は沖縄在住の俳人・詩人で〈うりずんのたてがみ青くあおく梳く〉は有名である。彼女は詩人として大変な窮地に立たされたこともあり、それを背景にして掲句を読むとさらに興味深い。

われ病めり今宵一匹の蜘蛛も宥さず　野澤節子

（『未明音』所収）

作者自身の中に潜む深い心の闇を詠んだものである。上五でまず作者の置かれている状況を説明している。作者は長い闘病生活にある。結核である。今日はとくに体調がすぐれない。日中家族の言葉もいつもならやり過ごせるのであるが、気にかかり心を傷つけている。そんな夜に一匹の蜘蛛に出くわす。体調のよいときなら見逃したかもしれない。しかし、「今夜だけは蜘蛛一匹たりとも許さない、見逃さない」そう思ったに違いない。津波のように押し寄せる殺意は蜘蛛に向けられ、作者の手で蜘蛛を殺めて、その感触のこった指のままで、深く、暗い眠りにつくのである。聖人君子で生きられるものなら、誰しもそうしたい。しかし、そんな余裕があることなどは少なく、どんどん心がざらつくばかりだ。俳人は綺麗ごと、美しいこと、誰もが持つ情愛などを詠みたがる。掲句のように己の持つ狭量を詩に昇華して詠んだ句は少ないのではなかろうか。

野澤節子は十三歳で脊椎カリエスを患い、女学校を中退し、以後二四年間療養生活を強いられた。この句は昭和二二年作。作者は二七歳。戦争はやっと終結したのに、己は出口の見えない闘病生活である。苛立ちと諦めと、自己の運命への恨みがないまぜになり、心がかき乱されて当然だ。夜の病床にあって、一匹の蜘蛛の姿を見咎めて、殺意の激情が起こって当たり前だと私は思うのだ。

短夜の看とり給ふも縁《えにし》かな

石橋秀野

（『櫻濃く』所収）

掲句については私はかつて随想「最も未来的な俳句」（北海道新聞、二〇〇六年五月一五日）で取り上げているので、その拙文をあえて引用する。なぜなら、その後この作者の夫である山本健吉と同じように末期の妻を看取るという経験をしてしまったので、その方が理性的な鑑賞ができそうだからだ。

『戦後すぐ、肺結核のため三八歳で夭折した美貌の俳人であるが、病状が重くなる中で、看病に来てくれた主人（山本健吉＝文芸評論家）に対して詠んだ絶唱である。この世に縁あって結ばれた伴侶の献身的な看病にしみじみと感謝の情が溢れている。「縁《えにし》かな」の詠嘆ではすでに、今生の別れを意識しており、胸を打つ。この句の季語「短夜」は単に夏になって物理的な夜の短さを示すものではなく、去り行く夜にわびしさを込めた季語なのである。この句の場合はさらに「短い世」の意も込められている。このように季語の持つ多重性は俳句を読んで鑑賞する側には、俳句の現場状況（トポス）を提供するだけでなく、作者の心情をも理解させることが可能になる。俳句は十七文字の定型抒情詩であることにいささかの迷いもない。』

一〇年以上前の文なので、いささか肩に力の入りすぎた文章で気恥ずかしいが、現在も掲句への評価は変わっていない。

さて掲句は昭和二二年、作者が亡くなる年の作である。「家人に」という前書きがある。看病する夫への感謝のこもったしみじみとした句だが、この世での夫婦の絆もまた一期一会の縁であることを悟り切った感がある。肺結核の苦しい息の中で、このような端正で格調の高い句を生み出したことは驚きでもある。西東三鬼が「いみじくも既に芭蕉の俳諧に到り着いてゐる」と絶賛したのも首肯できる。

その他の代表句に〈凍鶴に忽然と日の流れけり〉〈妻なしに似て四十なる白絣〉〈蟬しぐれ子は担送車に追ひつけず〉〈西日照りいのち無惨にありにけり〉など。

夏葱は遺書の余白に似てゐたり

栗林千津

（『栗林千津句集』所収）

「葱」はユリ科の多年草。普通は冬の季語であるが、秋に種を播くと、越冬して夏に収穫することができる。全体に葉は細く白い部分がほとんどない。「葉葱」と呼ばれて、緑の部分を刻んで薬味にしたり、汁に入れたりして食べる。関東より関西で多く栽培されるそうだ。「夏葱」に白い部分は少ないから、この句は「遺書はきっちりと書き込まれて余白がすくない」ということを言いたいのであろう。遺書でも自殺などの場合は走り書き、メモ程度で余白がとても多いことが予想される。しかし、この世に遺す者たちへのお礼を含めて、法的に意味のあるきちんとした遺書を時間をかけて書くのであれば、遺産配分その他、確かに余白は少ないのかもしれない。いずれにしても、作者の遺書に対するイメージを夏葱をもって表現しているのだ。このあっさり度合いが逆に気持ちよく、遺書について軽やかに（場合によっては軽薄に）表現している。遺書に対する取りつく島もないものの言いようが、快く読み手に伝わる。

作者は一九一〇年栃木県生まれ。俳句は晩学で、「みちのく」「鶴」「鷹」を経て、一九八七年に佐藤鬼房の「小熊座」入会。一九八六年、第三三回現代俳句協会賞受賞。他に〈ぼけぬという保証はどこにもない春だ〉〈火葬のとき熱いのはこまる万緑〉〈蝶や蜂や手を汚さねば生きられぬ〉など。

夏大根女が生める男かな

鳴戸奈菜

（齋藤愼爾編『二十世紀名句手帖1愛と死の夜想曲』所収）

春蒔いて夏に収穫する大根を「夏大根」という。ふつう大根は秋蒔いて冬に収穫する。もともと暑さによわく、春蒔きすると、抽薹《ちゅうだい》（「とうが立つ」こと）してしまう。しかし品種によっては春蒔きに適して根もよく肥大する「夏大根」が育つ。辛みがあり、おろし、煮食、浅漬など需要が多い。掲句は女から見たら男は夏大根のように、太く、ぴりっと辛くあって欲しいという、一種の激励のような、オマージュのような句なのだ。そしてどんなに偉そうにしていても「男たちよ、君らは結局、女から生まれたんだよ」というメッセージ性を感じさせる。

作者は一九四三年京城府（現在の韓国ソウル）生まれ。一九七六年永田耕衣に師事。九八年同人誌「らん」創刊・発行人。言葉の持つ創造力を駆使して、現代性と諧謔を融合させ、独特の俳味を生み出す。他の作品に〈さびしさに蛇や蜻蛉を生んでみる〉〈桃の花死んでいることもう忘れ〉など。一九九七年第四九回現代俳句協会賞受賞。

おいて来し子ほどに遠き蟬のあり　中村汀女

（『汀女句集』所収）

作者の子に対する愛情豊かな句としては〈あはれ子の夜寒の床の引けば寄る〉がとても有名であるが、私は初心の頃から掲句が心に残り、ノートに書き記した。「夜寒」の句の方が、直截的に子への愛情が感じられる表現になっているのだが、私は「あはれ」が余計なのではないかと思っていたのかも知れない。「あはれ」がなくても十分に母の愛情が伝わる。その点掲句は、子への感情を露わにした措辞は全くない。それでも心に残る句だ。

作者は久しぶりに遠出をしている（句会に参加しているのかもしれない）。子供は預けてきているのだ。折から、遠くで蟬の声が聞こえてくる。作者は「ああ、置いてきた子供と同じくらい遠くで蟬が鳴いているのだなあ」と深く思ったのだ。このことを淡々と述べたことで、逆に「遠蟬」と「遠くに置いてきた子供」がどちらも、掛け替えのないほど大変愛おしく思えてくるのだ。この句を知って以来、私は「遠くの蟬」にいつも心を奪われるのだ。

作者は女流四Ｔ（山本健吉が命名）の一人で、星野立子、橋本多佳子、三橋鷹女とともに、初期の女性俳句のリーダーであった。一九〇〇年熊本県生まれ、一九一九年ホトトギスに初投句するも、結婚と夫の転勤、転居で作句中断。一九三二年杉田久女に誘われて作句を再開。一九三四年「ホトトギス」同人。一九四七年「風花」創刊・主宰。テレビやラジオを通して俳句の普及にも貢献した。一九八〇年文化功労者、八四年日本芸術院賞受賞。女性の平凡な日常生活から詩情あふれる秀句を紡《つむ》いで、現在の女性俳句の隆盛の基を築いた。他に〈稲妻のゆたかなる夜も寝べきころ〉〈蟇歩く到りつく辺のある如く〉〈とどまればあたりにふゆる蜻蛉かな〉〈ゆで玉子むけばかがやく花曇〉〈外にも出よ触るるばかりに春の月〉など秀句が多い。

虹を呑みほせずに首長竜ほろぶ　鎌倉佐弓

（『鎌倉佐弓全句集』所収）

初心の頃から愛誦していた句。この場合の「虹」は季語というより、比喩として使用されていることは自明だ。「首長竜」はジュラ紀・白亜紀（一億四〇〇〇万年前〜六五〇〇万年前）を通じて栄えた水生爬虫類の総称で、多くは魚食性だったと言われる。長い時間を繁栄していたが、他の恐竜と同様に「大量絶滅期」を乗り切れずに絶滅した。現在も謎に包まれる恐竜の絶滅原因であるが、それを語ると長くなるのでここでは触れない。掲句の「虹を呑みこめなかったから、滅んだ」という詩的虚構は私のこころをわしづかみにした。おそらくこの句に詩を発生させたメカニズムは、首長竜のもつ曲線的な首の形態を想起して、その形態と虹の美しい曲線との詩的アナロジーによるものだろう。詩には必ず、「詩的ドグマ」が必要であり、掲句の「美しいドグマ」はいつまでも私の心に残るのだ。

余談であるが、人類も何万年か後には絶滅するであろうが、一体何を呑み込めずに滅びるのであろうか。それを人類のあとに繁栄するネオヒューマンが詩として詠むのかもしれない。

鎌倉佐弓は一九五三年高知県生まれ。俳誌「沖」に入会し、一九九八年国際俳句雑誌「吟遊」を夏石番矢とともに創刊。二〇〇一年、第五六回現代俳句協会賞受賞。

立葵洪水は我が死後に来よ

齋藤愼爾

（『春の羇旅』所収）

大洪水の伝説や神話は世界中どこにも存在する。一番有名なノアの方舟伝説は旧約聖書の「創世記」に登場する。神は地上の人々に堕落が増加するのを見て、これを洪水で滅ぼすと「神とともに歩んだ正しい人」であったノアに告げ、ノアに方舟の建設を命じた。方舟はブフェルの木でつくられ、三階建て構造で、ノアは妻と自分たちの家族、すべての動物のつがいを方舟に乗せた。洪水は四〇日四〇夜続き、方舟はアララトの山にとどまった。ノアは水が引いたあと、動物や家族たちと方舟を出た。神はノアとその息子たちを祝福し、こののち生きとし生けるものを絶滅させるような洪水は決して起こさないことを契約したのだ。その契約の証として空に虹をかけた。このような洪水伝説はインド神話、ヒンズー教、ギリシア神話、実は日本にも存在する。この洪水が確かにあったことを証明する科学者も現れて大洪水は起こりうることが示されている。

さて掲句は地球が絶滅するような大洪水はせめて自分の死後に来てほしい、という願いととれる。地球温暖化の加速により、北極圏、南極圏の氷が解ければまさに起こりうるタイムリーなテーマでもあるのだ。わが死後ならきてもいいという身勝手な表白ではなく、逆説的な表現である。作者はノアと同じ心境でいるはずだ。

立葵《たちあおい》は二〜三メートルになる美しい花で、洪水の前に立ちはだかる作者の化身なのかもしれない。また立葵の英名ホリーホックのホリーは「聖なる」という意味で、十字軍によってこの花がシリア（キリスト教聖地）からヨーロッパにもたらされた。「聖地の花」の意味が込められていることを知ると、この季語の選択が非凡であることに気づく。

作者は深夜叢書社社主で、俳人兼編集者である。氏が編集した『二十世紀名句手帖　全八巻』（二〇〇三〜二〇〇四年、河出書房新社）は、私はすべて持っていて愛読しているが、素晴らしい仕事である。

甘藍をひらいて見れば星の修羅

杉田桂

（齋藤愼爾編『二十世紀名句手帖１　愛と死の夜想曲』所収）

「甘藍《かんらん》」はキャベツ、玉菜のこと。成長すると中央にぎっしりと層をなし、渦をなして結球する。掲句はこのキャベツの中を開いた、もしくは切った断面をみたらあたかも「星の修羅」のようであるという、一つの見立ての句である。銀河系や渦巻星雲のように、星が渦をなしている様を「星の修羅」とメタファーしたのであろう。たいへん、美しく壮大な比喩ではなかろうか。ありふれた、庶民の野菜であるキャベツの断面を宇宙的な比喩で表現した詩的飛翔は素晴らしい。過去の例句を見ても、どうしても生活と切り離しがたい野菜であるから、生活詠や人間の肉体との取り合わせなどが多い。このような天文の事象と取り合わせた俳句はあまり見当たらない。

作者は一九二九年宮城県生まれ。「小熊座」を経て、「頂点」同人。句集に『神の罠』『老年期』ほか。

月の暈牡丹くづるゝ夜なりけり

石井露月

(『露月句集』所収)

「牡丹《ぼたん》」は華麗で気品があり、「花の王」とも呼ばれるが、それだけに散りぎわの姿ははかない。「月の暈《かさ》」は月の周囲に見える光の輪。微細な氷の結晶からなる雲で、光が反射あるいは屈折を受けて生じるものだ。「牡丹」の句のほとんどが日中の華やかさを詠うが、〈園《その》くらき夜を静かなる牡丹かな　白雄〉のように、夜や闇との取り合わせの句もみられる。掲句は夜との取り合わせのみならず、牡丹の崩れ落ちる夜と「月の暈」を取り合わせている。「月の暈」と、まず視点を天空に向けて、同時に近接の夜の牡丹の崩れるさまを描いた。格調が高く、荘厳な景を詠んでいる。

石井露月は若いころから文学を志したが、脚気を発病し秋田中学を退学。病状が回復後、上京して子規に師事。その後医師の試験に合格して、医者となった。子規は新聞「日本」に連載した「俳句評論」で、碧梧桐、虚子、鳴雪の次に露月を取り上げて、彼の俳句を高く評価している。一八九九年から郷里の村医として、村民の健康や生活指導をする。二〇年間村会議員も務めていて、政治的にも地元に貢献した。

牡丹にことば肉より出て瞑《くら》し

竹中宏

（『饕餮』所収）

牡丹が鑑賞用として日本に普及したのは江戸時代と言われる。華麗で気品があることから「花の王」と言われる。蕪村の〈牡丹散て打かさなりぬ二三片〉からは花弁の質感が伝わるし、森澄雄の〈ぼうたんの百のゆるるは湯のやうに〉には独特のゆったりした時間と牡丹の存在感が詠まれている。また周囲の闇との比較で詠まれたり、牡丹を人格あるものと捉える詠みも存在する。

さて掲句であるが、その牡丹を作者は夜の闇の中で見たのかもしれない。そして思わず声をかけたのだ。作者の肉（くちびる）から発して、牡丹を取り囲む昏い闇がその言葉を吸い込んでゆく。助詞「に」は、動作・作用のある所・方角を指定する「に」と読むのが自然であろう。牡丹の肉感のある花弁から、あたかも言葉が発せられたかのようにも感じられるし、その言葉が周囲の暗闇に溶け込んでゆく感覚を詠んでいるようにも感じられる。牡丹そのものから得る感覚的な詠み方であるが、季語として牡丹のもつ歴史的重奏性がうまく内包されている。「肉より出て」の措辞が、牡丹であるからこそ突飛な比喩には感じられず、むしろ信憑性を持って受け入れられる。

作者は一九四〇年京都市伏見区生まれ。一九五八年中村草田男に師事。一九八八年「翔臨」を創刊・主宰。その他に〈箱庭や遊びをせんとしつくしてか〉〈鐵齋の老い黒き瀧赤き瀧〉など。

形代の白にひとしく波がしら

林田紀音夫

（『林田紀音夫全句集』所収）

林田紀音夫は季語の情緒を嫌い、一生無季俳句を貫いた俳人である。便宜上、夏に分類しているが、掲句の「形代」も一般的な季語として理解してはいけない。一種の詩的象徴として詠みこまれたと思う。「形代」は己の穢《けが》れ、厄災をこれに擦りつけて、災いを移し込み、それを川に流す。己の身代わりになって川に流される白い人形の紙だ。「形代」の色も、「波がしら」の色も白色で、汚れない色であることを詠んでいる。形代も流れゆくものだし、波がしらも流されてゆき、ついには跡形もなくなるものだ。人間の行方も形代や波がしらと同様に、結局は跡形もなくなるという作者の持つ虚無感を詠みこんでいるのだ。人の身代わりになってついには水泡に帰する「形代」を、作者はかなり執着して俳句に詠みこんでいたようで、掲句以外にも〈形代の一片雲へ歩かせる〉〈形代の水の行方も墓碑ばかり〉〈形代の白まざまざと夜に描く〉などを発表している。

林田紀音夫は一九二四年旧朝鮮京城生まれ。戦後、下村槐太に師事。その後「青玄」「風」などを経て、「海程」「花曜」同人。一九六三年第一一回現代俳句協会賞受賞。他に〈鉛筆の遺書ならば忘れ易からむ〉〈隅占めてうどんの箸を割り損ず〉〈黄の青の赤の雨傘誰から死ぬ〉〈雛の間の無人の明るさの真昼〉〈ピアノは音のくらがり髪に星を沈め〉など。

向日葵《ひまはり》や信長の首斬り落とす

角川春樹

（『信長の首』所収）

初心の頃から、とても鮮烈なイメージで胸に飛び込んできた佳品だ。今思うと、やはり太陽に向かい首をもたげて咲く、生命の象徴とも言える「向日葵」と、部下の裏切りにより志なかばで息絶えた「信長の首」の二物衝撃とも言える作品である。溢れて余りある才能と、強靱な意思と、天下統一へのエキセントリックな熱情をもつ信長のイメージと、いつも太陽に向かって咲き続ける向日葵には通底するものがあると感じる。情熱的であり、生命力に溢れているのであるが、ゴッホの「向日葵」のようにやはりどこかに「死の影」がつき纏う。それは信長のイメージも同じである。角川書店創業者の父である角川源義に『ロダンの首』という句集があるが、父を視野に置いて、常に父を意識しての作句のようにも思える。源義の句に〈ロダンの首泰山木は花得たり〉があるが、掲句はそれに対してより生々しい血塗られた「信長の首」を配し、泰山木の清楚で端正な白い花に対して、黄色くエネルギッシュな「向日葵」を配しているのだ。

死に切らぬうちより蟻に運ばるる

相生垣瓜人

（『相生垣瓜人全句集』所収）

アリは地中の巣のなかで暮らしていて、働きアリが外で集めてきたエサによって生活している。小さなアリにとっては巣の外はとても危険な場所であることは当然で、この危険なエサ集めは面白いことに「年上の働きアリ」の役目になっていて、若いときは巣のなかで幼虫の世話をしたりして過ごしている。高齢者、中高年が主に働いている今の日本社会に似ているかもしれない。エサを見つけたときはくわえて巣に持ち帰るのだが、一匹で運べない大きなエサのときは、巣に帰って仲間に知らせる。そしてたくさんの働きアリが協力して巣に持ち帰る。掲句では死にかけた（しかしまだ死んでいない）アブラムシやダンゴムシを、たくさんの働きアリが担いで巣に運んでいるのである。この事実をただ報告しているだけの句なのであるが、リアルであり、考えさせられる。「死に切らぬうち」がこの句のコアなのかもしれない。自然の摂理の冷酷さ、厳しさをちっぽけなアリに教えられるのだ。いのちを保つ、いのちを繋ぐ現実は、見方によればこの句のように荘厳かつ冷酷なことにほかならない。作者は「瓜人仙境」と言われ、飄々とした独特のスタイルを築き上げた。〈家にゐても見ゆる冬田を見に出づる〉〈教へざる道をしへあり物憂きか〉など、まさに「瓜人仙境」の世界である。

蛍火のつめたくひとをめぐりけり　松村蒼石

（『露』所収）

松村蒼石といえば代表句〈たわたわと薄氷に乗る鴨の脚〉にも明らかのように、客観写生が持ち味と思う。掲句は視覚も触覚も刺激されるような佳句である。一読してまず目に浮かんだのは、闇の中での蛍狩りの景。蛍火が一人の人間を一周するかのように、あるいはその少し上をゆっくりと冷たい光を放ちながら飛びさってゆく。その光跡はいつまでも目に焼き付いて離れなくなる。触覚の刺激される読みは、たとえば自分の手首に蛍が止まったとする。闇の中で光を明滅させながら、わたしの手首を照らしている。その蛍がゆっくりと手首の裏に回り一度視界から消えてまた手首を一周して戻ってくる光景なのだ。手首を光がめぐる冷たい触覚もビビッドに感じられる。「蛍火」だから、はじめの読みが正解なのかもしれない。一周する対象を「ひと」と客観的に表しているので人間を一周するように飛ぶ蛍を描写しているのであろう。「つめたく」が、視覚より触覚を呼び覚ます措辞であること。「飛ぶ」とか「回る」を使わずに「めぐりけり」という動詞を使ったことも掲句の魅力になっている。つまり読みに重層性を持たせて、読み手に対して謎を深めることに成功している。

一八八七年滋賀県清水鼻生まれ。飯田蛇笏、飯田龍太に師事。一九七二年『雪』などの業績により第七回蛇笏賞受賞。

尺蠖虫病歴どこか略さねば

朝倉和江

（齋藤愼爾編『二十世紀名句手帖1 愛と死の夜想曲』所収）

「尺蠖虫《しゃくとりむし》」と読むべきなのであろう。尺取虫は尺蛾の幼虫であり、前進するときの動きが指で尺を計るのに似ているところからこの名がついた。また静止していると、尾の端で付着しているのが木の枝に見えて、野良仕事のひとが間違って土瓶を懸け、落として割ることがあるので、土壜割という別名もある。この尺蠖虫と中七以下の措辞の取り合わせの句である。人生も五〇年、六〇年と生きて来ると略歴とか、経歴を問われることがよくある。経歴を豊富にするために生きてきたわけではないが、必要以上にボリュームが増えてくる。それは病歴も同じで、特に一つの慢性疾患を持っていると、それに付随して五つも六つも疾患名が付いてくる。だから慢性疾患のある患者さんはおのれのことを「病気のデパート」だと自嘲的におっしゃる。

膠原病の一つであるSLE（全身性エリテマトーデス）は、考えられうるすべての病が起こりうるので、King of diseases（病気の王様）などという有り難くない異名もある。病歴を述べよとか病歴を詳細に書けといわれても、とても困ってしまって、病歴でも略歴にしなくてはならない。そんな切実な作者の気持ちを尺蠖虫という季語が受け止めているのだと思う。ゆっくりと尺を取りながらでも前進してゆくこの虫に、病歴の豊富な作者が己の姿と重ね合わせているに違いない。ともすると暗くなりがちな内容であるが、諧謔味も兼ね備えた作りになっている。

作者は一九三四年大阪生まれ。一九五二年「馬酔木」入門。小児期より結核に罹患し、五〇歳前にしてそのために人工透析。一九八六年に「曙」創刊代表。他に〈水仙の葉先までわが意志通す〉〈絵硝子のひかりの中へ山の蟻〉〈冬鵙や手術の髪を切らぬ意地〉など。

音樂漂う岸侵しゆく蛇の飢

赤尾兜子

（『蛇』所収）

赤尾兜子の代表句であり、鑑賞を拒むような句でもある。それでも上から順にこの句を読んでみる。音楽が漂う岸、ここまでは明るい感覚が流れる。そこに岸を侵す蛇が出現する。殺戮のためにその岸に潜んでいるのかもしれぬ。それが「侵しゆく」という言葉によって想起される。そして蛇で終結するのでなく、「蛇の飢」で結ばれる。俳句の作りは「岸」→「侵す」→「蛇」→「飢」とひとつひとつの繋がりは決して大きく飛翔していないのだが、わずかずつわずかずつ違和感という段差で差がついてゆき、最後には奈落の底に落とされるような作り方である。平穏な日常から、「殺戮の飢」へとストンと落とし穴に落とされる感慨を覚える。ここに描かれている世界は近未来的な終末の景ともとれるし、「生」というものを抽象的に暗喩しているともとれる。

作者は一九二五年兵庫県網干町生まれ。一九六〇年「渦」創刊。一九六一年第九回現代俳句協会賞を受賞して、前衛俳句の代表作家になった。その他に〈鐵階にいる蜘蛛智慧をかがやかす〉〈ささくれだつ消しゴムの夜で死にゆく鳥〉〈歸り花鶴折るうちに折り殺す〉など。

西鶴の女みな死ぬ夜の秋

長谷川かな女

（『胡笛』所収）

「夜の秋」という季語を初めて認識した日、同時に記憶に残った一句である。夏も終わりになると夜は涼しさを増す。主観的に秋を感じるこの素晴らしい夏の季語を定めたのは高濱虚子と言われている。

さて掲句の西鶴は井原西鶴で江戸前期の俳諧師・浮世草子作者。大坂町人の家に生まれ、十代半ばから俳諧をたしなんだ。また享楽的な町人文学・浮世草子をあみだして、『好色一代男』、『好色一代女』などの作品を生み出す。

この句の「西鶴の女」とは『好色五人女』などに登場するお夏、おせん、お七、おまんなどであろう。中七以下は大変インプレッシブで魅力ある措辞だ。しかも、掲句の場合は「夜の秋」が完璧なまでに利いている。強烈な十二音は暗誦できるが、五音の季語が思い出せない句がある。この場合はやはり季語が一〇〇％機能していないのかもしれない（小林貴子氏はこのような強烈なフレーズを邪魔しないおとなしい季語を「ゼロ季語」と称していた）。ところが掲句は「夜の秋」まできっちりと記憶している読者が多いのではなかろうか。ここにこの句の凄さがあると思う。

作者の長谷川かな女は芝居を観るのが好きだったようで、掲句は昭和二十年代の作。男たちは戦争で死に、女たちは銃後でそれなりに死ぬ覚悟ができていたかもしれないのだ。そういう当時の女性の状況と、昔見た芝居の思い出が相乗効果を起こして掲句が生まれたと推察する。

作者は一八八七年東京日本橋生まれ。「ホトトギス」に投句して、虚子に認められ、女流俳人の先駆をなした。のちに「水明」を創刊・主宰した。

死に未来あればこそ死ぬ百日紅

宇多喜代子

（『象』所収）

「百日紅」は花期が長いことから、生命力の象徴で詠み込まれることが多い。さて掲句であるが、命を失くす、つまり死ぬということはほとんどの人はそれでおしまい、そこですべてが終わるという捉え方をする。もちろん宗教によっては次の世があるという考えや、輪廻思想のように何度も生まれ変わるという思想もある。それはあくまでも宗教上、哲学的なことで私からすれば幾分観念や思想に逃げていると思えるふしもある。つまり現実逃避をしていると感じるのだ。医学や生物学、科学を学べば学ぶほど生の深淵さに触れるが、生が深淵であれば、当然死も深淵であるはずだ。人間は二度死ぬと言われる。一度目は生命、肉体としての死。二度目は遺されたすべての人もいなくなり、この世のすべての人の記憶から消え去るときだ。多くの人の記憶に残る人であれば、なおさら死の未来は永遠に近いほど横たわっているはずである。死というものを作者はポジティブに考えているからこそ「死ぬ」と断定できるのだ。背景には百日紅が生き生きと咲いているのである。

宇多喜代子は桂信子の「草苑」編集長を務めたことで知られるが、一九八二年現代俳句協会賞、二〇〇一年蛇笏賞、二〇〇二年紫綬褒章、二〇一六年日本芸術院賞。明晰な評論を多数書いており、「死に未来」が横たわっている俳人の一人だと思う。

秋の句

友死すと掲示してあり休暇明

上村占魚

（『上村占魚全句集』所収）

小学生、中学生の夏休み明けの句ではないだろう。おそらくは大学生以上あるいは社会人の休暇明なのかもしれない。大学三年生のときに、一年先輩の友人が夏休み中に水死したことがあるが、そのときキャンパスの掲示板にひっそりと掲示されていたのを私は記憶している。

なんの感情も衒《てら》いも過激な表現もなく、あっさりと事実のみを提示しているだけに、逆に作者にとってはどれだけショックで、心の傷として残ったかは十分に想像がつく。事実だけを伝える冷徹な表現が掲句の内容の深刻さを十全に表現できている秀句だと思う。

たましひのたとへば秋のほたるかな

飯田蛇笏

（『山廬集』所収）

大変有名な句。ただ、「芥川龍之介の長逝を深悼す」という前書きがなくても、ここまで人口に膾炙できたかどうかは疑問ではある。前書きとセットで名句となる俳句もあってよいだろう。初心のころ何かのアンソロジーで読んだのが初めてであったが、そのアンソロジーには確かこの前書きは入ってなかったと記憶する。それでも私が初めて読んだ時から、記憶に残った作品である。

弔句であるという情報を、なるべく取り除いて読んでみることにする。十七音で読み取れることを自分なりに口語訳すると、「ひとの魂というのはたとえてみれば秋の蛍のようなものであろうなあ」という、何となくあっけらかんとした詠嘆に過ぎない。「たとへば」という措辞は回りくどい言い方だが、掲句の場合はむしろ「魂は秋の蛍に他ならない」とか、「魂は秋の蛍以外の何物でもない」といった、断定や強調の意味を持つのではなかろうか。

「秋の蛍」は傍題が「残る蛍」「病蛍」ともいい、すでに飛び回る元気がなくて、最後の力を振り絞って飛ぶ光跡が思いうかぶ。その光跡がはかなげに消え入るさまが、ひとが死んで蛍となって作者に別れを告げに来たのだ、と思えば、魂＝秋の蛍の断定がいかに強いものか想像がつく。

さて芥川龍之介が逝ったのが盛夏の七月二四日。掲句の「秋の蛍」はもちろん想像ではあるが、かつて目にした秋の蛍のありようが、蛇笏の心にはしっかりと刻まれていて、龍之介の死を知らされたときに明確にその光跡が目に浮かんだに違いない。掲句を十回でいいから舌頭に転がしてみてほしい。声を出してゆっくりと何度も読んでみて欲しい。上五の「たましひの」で軽く切れが入るのに気づくであろうか。そのあとの「たとへば秋の」というゆっくりしたリズムが、まるで秋の蛍が揺蕩《たゆた》っている感じがする。この句は「魂」を詠んでいるのだから、眼に見えないもの、つまり形而上的な俳句なのだ。それを「秋の蛍」という季題に託した技巧的な俳句ともいえる。いやむしろそのすべてを「秋の蛍」がしっかりと受け止めている。形而上的俳句の最高峰のひとつといえるだろう。

鶏頭の十四五本もありぬべし

正岡子規

（『俳句稿』所収）

「雪華」会員の松王かをりが、この句の論考「〈未来へのまなざし〉――「ぬべし」を視座としての「鶏頭」再考」で平成二九年の現代俳句評論賞を受賞した。今となっては何か鑑賞しづらいような、手遅れのような気がしている。しかも掲句に関しては山本健吉その他の優れた論考もある。ただ開き直って言わせてもらえば、後世を生きているものの強みとして、山本健吉が知らない事柄や俳句作品や俳句評論（テクスト）を私はすでに手にしていることになる。長く続いた「鶏頭論争」を終結させたという松王の論考も山本健吉は知らない。私はその松王論考を読んでいるだけ、先人たちよりも掲句を鑑賞する上で有利だと思う。ここまで書いて何か自分の首を逆に絞めている感があるので早速鑑賞してみたい。

「鶏頭がざっくりと十四五本もわが庭に咲いていることだなあ」という意味だけであるならば、掲句は名句として昇華していない。やはり松王論考にあるように「ぬべし」の文法的解釈が読み解く鍵なのだ。まず「べし」であるが、一般に推量の助動詞と言われ、基本的には「ある事柄の成立についてその可能性があることを確信をもって、それが当然（必然）であると推量する意」が原義である。さらに「ぬ」という助動詞には変化・動きなどが完成・終結した意を表す「完了」だけではなく、まだ実現していない、つまり「未来のある時点」の変化・動きなどについて、その完成を確認・強調する意を表す「強意（確述）」の用法がある。つまり「ぬべし」は未来へのベクトルを持った推量・強調なのである。掲句を詠んで句会に提出したとき子規の健康状態はすでに、自分の庭の鶏頭を実際に見ることは不可能で、十四五本とは一年前の碧梧桐の鶏頭の描写を思い出して導き出した数である。つまりこの十四五本あるはずの鶏頭は、過去（一年前）、そして子規が実際に生存して詠んでいる現在、そして子規自身がすでにこの世に存在しない未来をも見据えての鶏頭という鮮烈な赤い存在なのだ。

『NHK俳句 作句力をアップ――名句徹底鑑賞ドリル』（二〇一七年、NHK出版）で髙柳克弘は掲句について次のような設問を据えている。

Q4「ありぬべし」を口語訳すると、次のうちどれが適当でしょうか？
1．あるはずがない　2．確かにあるはずだ　3．これから必ず咲くだろう

そして、その回答を次のように述べている。

「ぬべし」は推量の「べし」に強意の「ぬ」が付いているので、「そこに鶏頭はきっと十四五本

はあるだろう」という意味になります。その意味でとる説もありますが、山本健吉の説にならい、私は断定に近い意味でとりたいと思います。「そこに鶏頭が十四五本確かにあるのだ」と解釈した方が鶏頭にふさわしい迫力が出ます。

つまり選択肢2が正解となるが、松王論考後の鶏頭の「ぬべし」解釈は正解は2＋3となるのではないだろうか。

多くの方に批判されるのを恐れずに、私なりの掲句の口語訳を付けるとこうなる。「私の命はこの先長くはないだろう。わが庭には昨年は生命力の固まりのような赤い鶏頭が十四五本あった。今年はこの眼で確認はできないが、十四五本きっとあるはずだ。そして来年も再来年もきっと十四五本あるに違いないのだ」。

掲句は「咲きぬべし」ではなく「ありぬべし」にしたところに、単に花のことを詠んだだけでなく、自分の存在・不在に思いが至っているのである。また松王の論考の最後で引いた絶筆〈糸瓜咲て痰のつまりし佛かな〉にもこの鶏頭の句は深く繋がっていると思わざるを得ない。

死ねば野分生きてゐしかば争へり　加藤楸邨

（『野哭』所収）

楸邨の代表句の一つと言えるが、解釈は簡単ではないと思う。「生きてゐしかば」以下は比較的わかりやすいのであるが、「死ねば野分」が何をメタファーするのかが議論のあるところである。田川飛旅子は「死んでしまったものはもう何も云わず、ただ野分のような霊となって山野を吹きまくっている。生き残った自分は生きているからこそ、非難に答え、争って生きねばならない」と解釈している。この句を詠んだとき、楸邨は中村草田男に「戦時中に軍部に協力して雑誌拡大をはかった」として糾弾されている。したがってこの句の「死ねば野分」は戦争のメタファーと思う。だから私の個人的な口語訳としては「死ぬのであれば野分（戦争）で死にたかった。生き延びた今は争って生きてゆかねばならない」という、草田男との論争に立ち向かうあるいは耐えて生きてゆくという気持ちを込めて詠んだのではと推察する。

存命の父母を軽んず実南天

正木ゆう子

（『悠HARUKA』所収）

亡くなってしまった父母を思い出のなかで愛情豊かに表現している俳句はそれこそ星の数だけある。たしかにそれはそれで尊い。しかし、死んでしまうと遺されたものは、死者を美化しすぎる傾向にある。俳人としての私もそうである。生きているうちにもう少し愛情をそそげたらよかったわけで、それは俳句の中でもそうすべきである。掲句はまさに虚を衝かれた作品である。存命の父母を軽んじていると嘯《うそぶ》くが心底軽んじているはずもなく、それが胸に響く。存命であるからこそ、いまを大事にしなければならないのだが、わかっていても実践できないのが人間というものである。失ってしまってからでは遅いということも常に念頭にあるのであるが……とにかく正反対な表白をしただけにその真意が痛いほどわかるのである。

南天はメギ科の低木で、「難を転ずる」という意味があり、花のあとに結ぶ小さな丸い実は晩秋から冬にかけてきわめて美しく赤く色づく。「南天のど飴」という商品があるように、咳止めやのど飴にも使われる。南天の葉には解毒作用があるため赤飯や魚に南天の葉を添えることがある。「実南天」の季語から作者がいかに父母の長命と健康を願っているかが窺われる。しかも実南天はつつましく座っている。

いなびかり終に子のなき閨《ねや》照らす　山口誓子

（『青女』所収）

思えば女性俳人が、生涯こどもを産まなかったことを詠んだ句はあるが、男性の立場で子を持てなかった嘆きを詠んだ句はあまりないのではないか。掲句は俳人山口誓子の句としても、一人の男性俳人の句材としても稀有だと思われる。

夜間ときどき生じる稲光または閃光が暗い閨に差し込む。その景だけでもなかなか劇的なのであるが、さらにその閃光のさしこむのが「終に子のなき閨」なのである。「いなびかり」は「稲つるみ」「稲妻」ともつながり、稲がこの電光によって霊的なものと結びつき、実る。そこから子が宿るというところにも繋がる。そんなことを承知の上の季語の選択であろう。時代背景から言えば、子を産まないことは、妻の方に相当な心理的負担があったのではなかろうか。山口誓子の妻で俳人の山口波津女は心底、子を産みたかったであろう。波津女は誓子を支えて、俳人としても活躍し、〈毛糸編み来世も夫にかく編まん〉など誓子との生活の苦楽を生涯、丁寧に詠み続けた。胸を患い、病臥・静養生活だった誓子は、そんな波津女の心もおもんばかって、「我々二人はこれほど仲睦まじいのであるが、ついに子どもは授からなかったなあ」と掲句を詠んだのではあるまいか。子を産みたいという切実な波津女の心を私は勝手に想像している。もちろん誓子自身も子が欲しかったのだろう。「いなびかり」は闇の闇を照らす。子がなくても我々の闇にはつねに豊饒の光が差し込んでいるのだという誓子ならではの自負もあったのではなかろうか。

山口誓子は一九〇一年京都市生まれ。言わずと知れたホトトギス四Sの一人。一九四八年「天狼」創刊。一九七〇年紫綬褒章、一九七六年勲三等瑞宝章、一九九二年文化功労者。

わが山河霧の中より見えはじむ

青柳志解樹

（「俳句αあるふぁ」151号所収）

私の故郷は霧多布《きりたっぷ》という、文字通り霧まみれの土地であったから、掲句にはとても共感することができた。霧多布は半島であったが、チリ津波のために切り離されて孤島になってしまい、橋で繋がっている。陸路で霧多布に帰るときは、国道四四号線の山沿いの道から海まで下がってゆくことになる。したがって、「わが山河」に近づくということは、海が見えて来て、標高が下がってゆくことになる。私は帰郷するたびに、掲句のような景色に出会っていたと記憶する。「霧の中より見えはじむ」の措辞が、私にとっては実景であるが、読み手によっては幻想的にも感じられるであろう。それは「霧」という気象がすべてを覆い隠す、見えなくする、先行きを不安にさせるという性質を持っているからであろう。しかし「わが山河」という措辞は自信を持った、美しく雄大な景色を想像させる。つまり「霧」は醜いもの、汚いものを覆い隠すという装置ではなくて、この上なく美しく雄大なものを、より劇的に見せてくれる緞帳《どんちょう》のような装置だと私は思っている。ひとたび霧が晴れたら、必ず、美しい風景が作者を受け入れてくれるのだ。

一九二九年長野県八千穂生まれ。「鹿火屋」同人を経て、一九七九年「山暦」創刊・主宰。植物についての著書が多く、植物季語の専門家としても有名。平明で深い風景句が特徴。その他の作品は〈冬木立昨日明るく今日くらし〉〈月の夜のうかれをりしはねこじやらし〉〈きのこ食ふこの世不思議と思ひつつ〉など。

乳房わたすも命渡さず鵙高音

中嶋秀子

（『季語別中嶋秀子句集』所収）

掲句は一読、中城ふみ子の歌集『乳房喪失』を想起させる。序文は川端康成、一九五四年刊行当時のベストセラー歌集であり、中城ふみ子の影響で寺山修司は短歌も本格的に始めたと言われている。たとえばこんな歌が収載されている。〈失ひしわれの乳房に似し丘あり冬は枯れたる花が飾らむ〉〈葉桜の清く悲しむうつぶせのわれの背中はまだ無傷なり〉

さてこの句は句またがり、破調で字余りなのであるが、それをあまり感じさせない作りになっている。それは「〜わたすも〜渡さず」と対句表現がなされているためと思われる。鵙はスズメ目モズ科の留鳥で、秋に澄んだ鋭い声で鳴き渡ることが多く、秋の季語となっている。それは悲鳴にも似て、精神的苦痛あるいは肉体的苦痛を伴うテーマを詠むときは取り合わせとしてもよく使用される季語である。「鵙高音《もずたかね》」と三文字五音であるために、字余りの感覚を解消している効果もあるように思う。たとえ肉体の一部を捧げることがあっても命は誰にも渡したくないという作者の悲痛な叫びと決意もあって、鵙高音とよく照応している。

故人やや遠きはなやぎ絵灯籠

皆吉爽雨

（齋藤愼爾編『二十世紀名句手帖1 愛と死の夜想曲』所収）

故人に思いを馳せている。「やや遠き」なので、亡くなってから一〇年近くは経ているのではなかろうか。「絵灯籠」は盆に仏を迎えるための灯籠で、蓮や秋草の模様など絵の描かれたもの。盆に入る頃に出してきて、仏間などに飾り、灯す。盆期間だけでなく、地域によっては一か月間灯しつづける風習もあるようだ。故人は華やかな女性だったかもしれないし、世間ではそれなりに活躍していた男性なのかもしれぬ。「絵灯籠」の「絵」が「遠きはなやぎ」と共鳴して、故人のたたずまいや人徳なども偲ばれるのだ。「やや」という措辞も、故人が亡くなってからの年月を想像させるのに効果をあげている。

皆吉爽雨は一九〇二年福井市生まれ。一九一九年大橋桜坡子によって俳句を知る。ホトトギスに投句して、虚子に師事。一九四五年上京して、四六年に「雪解」創刊・主宰。一九六七年、句集『三露』などで第一回蛇笏賞受賞。格調高い写生による自然詠が持ち味。ほかに〈がう〵と深雪の底の機屋かな〉〈春惜む深大寺蕎麦一すすり〉など。

木の実のごとき臍もちき死なしめき　森 澄雄

（『所生』所収）

掲句には「八月十七日、妻、心筋梗塞にて急逝。他出して死目に会へざりき……」という痛切な詞書きがある。過去の助動詞「き」の終止形の反復で悲痛な思いと慟哭が伝わる。妻の急逝を妻の肉体の一部（木の実のごとき臍）によって、切なく、いとしく表現している。「いのちの絶唱」と言ってよいかもしれない。ただ、はじめて掲句を読んだ時から、悲痛と慟哭だけではなく、行き場のない怒りのようなものが感じられた。それは最愛の妻の最期をその場にいて、看取ることのできなかった己自身への怒りなのかもしれないと思っていた。

現代俳句協会のホームページにある「現代俳句コラム」で倉橋羊村が掲句の鑑賞文を載せている。その中に次の一文があった。「帰京したその足で、病院へ駆けつけた時はすでに夫人は亡くなっていた。医者は『奥さんの心臓は残念ながら、救急車で着かれた時、すでにこわれていました』と、告げた。だが、その寸前、子息から手短かに、夫人が病院到着後、苦しみつつ明日の予定変更の連絡を頼んだ報告を受けていた作者は、『君、嘘をいうな』と、色をなして激怒した。心臓のこわれた人間が、口のきける筈がない。救急車から降ろしたまま、第二次発作が起こるまで、未然防止の措置をとらずに二時間も放置したことを、正直にあやまらなかったのだ。もし完全介護の設備がないのなら、設備の整った病院へ転送措置をとらなかったのか。……ともかくすべて手遅れとなった。」

私は医者なのでこのケースについて思うところもあるが、限られた情報だけでは担当医に医療過誤があったかどうかは分からない。その病院が緊急カテーテル操作のできる医療環境でなかったことは確かであり、その医療環境では致し方ない症例のようには思う。ただこれを読んで、森澄雄には、看取ることのできなかった己への後悔と憤り以外に、担当医に対する憤りや不満があったことを初めて知った。私がこの句に対して最初から不思議に思ったのは「死なしめき」の座五であった。何故なら私も妻を末期がんで失ったとき浮かんだ措辞が「死なしめき」だったからだ。私の場合は自分が早期発見して、もっと適切な治療を施せば死なさずに済んだという後悔と、自分の医師としての至らなさに対する憤慨の措辞なのだ。

森澄雄は医療従事者ではないが、私と同じように「命をかけても守らねばならない、絶対死なせてはいけない命を守れなかった」という、夫としての後悔と憤慨があったに違いないのだ。泉下の森澄雄に怒られるかもしれぬが、掲句に対して私なりの口語訳をすれば、「木の実のような可愛い臍を持っていた妻を死なせてしまったよ、私は……」というニュアンスが近いかもしれない。

澄雄は加藤楸邨に師事。第三句集『浮鷗』の頃から芭蕉の呼吸を願うようになり、その後は自らの平凡ないのちを通して人間の普遍的ないのちに通じたいという願いを語るようになる。〈除夜の妻白鳥のごと湯浴みをり〉〈白をもて一つ年とる浮鷗〉〈妻がゐて夜長を言へりさう思ふ〉など。

秋風やひとさし指は誰の墓

寺山修司

（『花粉航海』所収）

寺山を読み解くカギは「コラージュ」と「虚構」であるとよく言われる。そのようなノイズ（予備知識）をまず取り除いて、掲句が誰の句か知らないとして鑑賞してみる。

彼岸過ぎであろうか、秋風が吹いている墓地にお参りにやってきた。お目当ての墓はすぐ見つかって、お参りをして、そそくさと帰路につく。帰路の間も様々な墓標がある。もちろん無縁墓もあるだろう。こともあろうにある墓が目に留まり、とても気になって、人差し指でその墓を指さす、「いったい誰の墓なのだろう?」と。その形や色合いが気になって近づいてみると、自らと同性同名の人の墓であった。などというちょっとした短編ホラーを筋立ててみた。掲句はそのような自由な発想や物語を誘発する力がある。もとより「人をさす」という行為は呪術的な意味合いもあるし、昔から見知らぬ墓に指をさしたりすると、そこに居る浮かばれない魂や霊がそのひとに憑くという言い伝えもある。

掲句は墓場でなくてもいい。ひとさし指を立てる。するとその指そのものが誰かの墓標に見えることすらある。「ひとさし指」は「お母さん指」でもある。作者が寺山と知るとこの人差し指は母である「寺山はつ」の墓なのでは、と想像が膨らむ。寺山のキーワードは虚構の俳人なのだから。

中七以下のフレーズはさすがに強烈な詩的喚起力があると言えよう。この「秋風」という季語の斡旋がまた見事である。寺山の俳句で私が記憶している句はすべて、季語も一緒に銘記している。ということは十七音すべてに季語が巧みに溶け込んでいるのだ。寺山俳句は季語の斡旋にもみるべきものがある気がしている。

コスモスなどやさしく吹けば死ねないよ

鈴木しづ子

（『指輪』所収）

むずかしい言葉はない。ただ解釈で少し困るのは「コスモスなど」の「など」であり、これをどうとるかで多少ニュアンスが違うように思う。全般的にざっくりと、掲句の読みを私なりに解釈すれば、「揺れやすい脆弱なやさしいコスモスすらも風に吹かれて耐えている。そんな姿を見たら、私もつらいけど死ぬことなんかできやしない」といったニュアンスであろうか。

「など」という助詞の意味について考えてみる。広辞苑によれば、

（一）ある語に添えて例として指示する語を表わし、その外にも類似の物事があることを暗示する。

こうだとすると、この句はコスモス以外にも風に吹かれている花があることになる。

（二）それだけに限定しないでやわらかくいう。コスモスの花とかが咲いて、優しく風に吹かれれば死ぬことなんてできない。となり、コスモスに限らず優しく風になびけば、死ねない。という意となる。

（三）（引用句を受けて）「大体そんなことを」の意。これは前段の引用句がないので考えづらい。

（四）受ける語に対する話し手の低い評価を表す。否定的・反語的表現を伴うことが多い。

私は(四)がこの句に一番適合すると思う。なぜなら、座五に「死ねない」と否定語が含まれている。そうなると、その価値を低めて「なんか」という意味が近い。掲句は「コスモスなんかがやさしく吹かれたものだから、私は死ねないよ、死ぬことなんか考えられなくなったよ」という意味になる。したがって掲句は私の勝手な口語訳をつけるとこうなる。

「死のうと思っていたのに、コスモスなんかがやさしく吹いたものだから、自分の愚かさに気づいて死ぬことすらできなくなったじゃないの」

風に吹かれても折れないコスモスの凛とした姿に感動して、「死ねない」という意志が強くなったのだろう。反って作者は反旗を翻したのか。いや「やせ我慢」をしているのかもしれぬ。恋人だった黒人兵士が戦死したと知らせを聞いての句と言われるが、謎が多く、戦後の混乱期の俳壇を旋風のように吹き去っていった俳人だ。他の代表句を挙げる。〈夏みかん酢つぱしいまさら純潔など〉〈暦日やみづから堕ちて向日葵黄〉〈ダンサーになろか凍夜の駅間歩く〉〈黒人と踊る手さきやさくら散る〉など。

故郷を百度捨てし鳳仙花

杉田桂

（齋藤愼爾編『二十世紀俳句手帖１ 愛と死の夜想曲』所収）

「鳳仙花」はツリフネソウ科の一年草。東南アジア原産で、高さ三〇〜六〇センチになり、太い肉質の茎が直立する。夏から秋にかけて葉腋から細い梗《こう》（芯の堅い枝）が出て、その先に赤・白・紫などの花をつける。花びらが柔らかく汁を含んでいるので、女の子たちがこれで爪を染めて遊んだことから、「爪紅《つまべに》」の別称もある。花が終わるとすぐに実を結び、熟すと自然にはじけて種を飛ばすのだが、その寸前になると果実は指で触るなどの些細な刺激でも容易に弾ける。属名のImpatients（ラテン語で我慢できないの意）はこのことに由来する。花言葉は「私に触れないで」である。歌謡曲やフォークソング、民謡などにも出てくる。代表句は〈かそけくも咽喉《のど》鳴る妹よ鳳仙花　富田木歩〉だろうか。

さて掲句の作者はじつは男性である。「故郷を百度《ひゃくたび》捨てし」とあるから、望郷あるいは郷愁の句であろうが、読者にとっては謎がある。つまり作者は何度も何度も故郷を捨てて結局現在はどこに暮らしているかという疑問だ。私のように故郷喪失者（デラシネ）であれば、故郷を捨てるのは一度きりであろう。何度も故郷を捨てた作者は、出奔したが、結局は故郷に舞い戻り現在は鳳仙花のようにかそけく暮らしているのであろうか。「捨てし」という過去形の措辞がそれを物語る。男性であろうが女性であろうが、若かりし頃は夢をもって、故郷を何度も離れる。しかし結局は夢破れて、故郷に戻って静かに暮らすということはあるのではと推察する。もちろん、終の住処と思いつつも、何度も転居を余儀なくされる場合も想定される。「百度」というすこしオーバーな表現が、作者の若かりし頃の激情を彷彿させて、それが鳳仙花の静けさや一触即発な点とうまく共鳴している作品だ。

かそけくも咽喉《のど》鳴る妹よ鳳仙花

富田木歩

（『定本木歩句集』所収）

「鳳仙花《ほうせんか》」は「爪紅《つまべに》」の別称もあるほどで、やはり女の子のイメージに適する秋の季語だ。掲句は作者の背景や、作者の妹の状況を知らないとやはり十分に鑑賞できない句ではなかろうか。この句は「病妹」二句のうちの一句。「妹」は作者の妹・まき子のこと。広辞苑では「妹《いも》は女のきょうだい、年上にも年下にも言う」とある。

この句の前年作に「我が妹の一家のため身を売りければ」と前書きのある〈桔梗《ききやう》なればまだうき露もありぬべし〉がある。まき子は姉・富子を妾としている白井浪吉の経営する向島「新松葉」の半玉となった。しかし不幸にも翌年に「肺病（肺結核）」を患ってしまい、実家に戻された。貧困ゆえに満足に医者にも診せられなかったに違いない。作者はその前月に弟の利助も同じ結核で失っている。したがって、妹の命がいくばくもないことも知っていたはずだ。掲句からは、荒い息に痰を詰まらせて、咽喉《のど》を鳴らしている妹の姿をただ凝視するばかりで、何とかしてやりたいが、なにもできないもどかしさもあったに違いないことが存分に伝わる。「鳳仙花」のはかない美しさを妹に重ね合わせて詠むことで、こころからの愛情と憐憫の情が表出されている。それから間もなく妹まき子は逝った。享年一八。

作者も幼少時に高熱のため両足が麻痺して、生涯歩行不能。加えて肺結核、貧困、無学歴の四重苦に耐えて句作に励み、「大正俳壇の啄木」と言われ将来を嘱望されたが、歩けないがために、関東大震災でわずか二六歳で焼死した。

秋灯机の上の幾山河

吉屋信子

（齋藤愼爾編『二十世紀名句手帖1 愛と死の夜想曲』所収）

「秋灯」は秋の夜の灯であり、春の灯が暖かく艶やかな印象があるのに比べて透明感がある。秋のひんやりした夜気のせいであろうが、学問や読書をするにも適した灯である。小説家でもある作者は秋の灯の下、文机の上でいつものように執筆の仕事をしていたに違いない。そのペンを休めて、ふと休憩したとき、文机の上を何気なく見渡したのであろうか。山と積まれた文献。小説執筆などのための資料も乱雑に置かれていたかもしれぬ。長年にわたってこの文机で行ってきた作業や、降り積もるような業績を思い返せば、「机の上の幾山河」の措辞は決して大げさではなく、適切で、重みのある、詩的なメタファーだと私は思う。

寺山修司に「テーブルの上の荒野」という未刊歌集があり、〈テーブルの上の荒野をさむざむと見《み》下《お》ろすのみの劇の再会〉という短歌作品がある。寺山の比喩にはテーブルの上の広大な風景（荒野）は描かれているが、そこに年月という時間的なファクターは含まれていない。それに比べて、掲句は「幾山河」という措辞によって、机の上には広大な山河という風景と、昔年からの時間的蓄積も詠まれているように思う。

作者は一八九六年新潟県生まれの小説家。「ホトトギス」会員。一九四四年鎌倉に疎開し、久米三汀、星野立子らと親しくなり句会にも出席。虚子にも直接指導をうける。〈初暦知らぬ月日は美しく〉は人口に膾炙している。

私生児が畳をかつぐ秋まつり

寺山修司

（齋藤愼爾編『二十世紀名句手帖1　愛と死の夜想曲』所収）

寺山独特の虚構色を帯びた作品。中七の「畳をかつぐ」が下五の「秋まつり」とどう関係するかは全く不明で、これが寺山の俳句の作り方だ。意味性を求めてはいない。「秋まつり」で神輿などを担ぐのは当たり前なので、寺山は私生児に畳を担がせたのだ。「私生児」は「私生子」ともいい、「嫡子《ちゃくし》」の対義語として使う言葉。父の知れない子のことで、「てなしご」ともいう。正式の婚姻関係でない男女の間に生まれた子を、その母に対して言う言葉だ。つまり父の認知を受けていない子だ。この場合の「私生児」はおそらく、寺山自身のことを言いたいのであろう。寺山は正式には私生児でないが、自分のことを「私生児」とはいかにも寺山が好みそうな呼び名である。秋の豊作、五穀豊穣を祈願する「秋まつり」をもりあげるために、自称「私生児」の作者は神輿をかつぐのではなく、畳をかついでいるのだ。「畳をかつぐ」ということは、「畳を上げる」ということだ。「たたき上げ」という言葉があるが、畳み上げるということは「積み上げる」という意味になる。父親に認知されていない私生児ではあるが、努力を積み上げるという深読みも可能だ。私生児である自分を卑下しているというよりも、むしろその人生を肯定している句なのだと思う。

隔世遺伝の眼病を得て曼珠沙華

仁平勝

（『花盗人』所収）

掲句を読んですぐある眼科的疾患が思い当たったがここでは触れない。医学的知識がなくてもよく読むと面白いことを詠んでいると気づく。「隔世遺伝」とはその個体のもつ遺伝形質が親の世代では発現しておらず、祖父母やそれ以上前の世代から世代を飛ばして遺伝しているように見える遺伝現象のことを言う。つまりその家系で飛び飛びに何世代にも渡って受け継がれているものである。一家系の長い年月を言うことだけで上五中七を使っているのだ。隔世遺伝の疾患の多くはX染色体劣性遺伝をとるので、同様の症状をもつ人たちは全男子人口の五〜六％にいるはずだ。思い当たった疾患だとすれば、正常な人に比べて特定の色彩を識別する能力が劣る。が、視力には影響がないために社会的な制約はほとんどない。面白いのは患うとか罹患したと言わずに「眼病を得て」とポジティブに考えていること。人間は考えようによっては不公平とか、ハンディキャップとせずに生きられることは多々あるのだ。とは言え、曼珠沙華という季語はそれほど明るくもなく、鬱然たる思いも読みとれる。作者は俳人として、また現代の俳句評論家としてナンバーワンの書き手だと思う。眼病なんぞは関係ないのだ。

或る闇は蟲の形をして哭けり

河原枇杷男

（『蜜』所収）

私が河原枇杷男という作家をはじめて意識した作品である。一読魅かれた。切れ字あり、旧字あり、季語あり。まさに古典的な格調高いドレスを纏《まと》ってはいるが、内容は客観写生や「俳句モノ説」とはかけはなれた形而上的な「闇の造型」を詠んでいる。闇そのものが、あたかもカフカの『変身』の主人公グレゴール・ザムザのように、蟲の形にとぐろを巻いて、しかも声を出して哭いているのだ。作者は秋の夜の闇の中で哭く無数の蟲を底知れぬ深い闇の化身と感じてこの句を詠んだのだ。それは蟲にとっても闇だが、作者自身のこころの闇でもある。枇杷男は掲句に対する「自作ノート」で、「詩の源が、可視と不可視の二つの世界の対立の自覚に発するとすれば、形而上的思惟を欠く詩業などありえないであろう。それは視えざるものを視んとし、聴こえざるものを聴かんとする、魂の永遠の飢渇にもとづく営みと言っていいのかもしれない」と述べている。視えざるものや聴こえざるもの、即ち「形而上的な闇」を虫の形に具現化し、さらに古典的な切れ字を配してみごとに形象化、名句化に成功した作品といえよう。

死出の衣も産着も白し天の川

西川織子

（齋藤愼爾編『二十世紀名句手帖1　愛と死の夜想曲』所収）

死者に着せる衣装も、赤子の産着もどちらも白い、という小発見だけからできている俳句で、構造から言えば、「死に装束＋産着」と「天の川」の取り合わせの句として理解できる。「死に装束」も白。生まれた子に初めて着せる着物である「産着」も白。本来は「産衣の祝」という儀式と関連があるようだ。この儀式には「産衣《うぶぎ》袱紗《ふくさ》」を使用することになっている。「産衣袱紗」は赤子を産湯から取り上げるときに用いる白絹または白羽二重のこと。よって真っ白である。一方、われわれの地球が存在する太陽系は円盤状の天の川銀河の端に位置しており、地球から円盤の中心方向を見ると星の集合が白く濁って見える。これを川に見立てたのが天の川だ。すべてが太陽と同じ恒星の渦巻く壮大な宇宙の川だ。ここでも「白」のキーワードが出てくる。取り合わせでは、二つの事柄が、近くて想定内の場合は「くるわの内」と呼び、想定外で、遠い場合は「くるわの外」と呼ぶ。「天の川」と生命の根源（生死）を取り合わせること自体は想定内で、類想感があるが、「死に装束＋産着」と「天の川」との距離を考えると、「くるわの外」と捉えるべきかと思う。これらの事柄を「取りはやす（関連付ける）」のが「白し」という措辞なのである。

月光にいのち死にゆくひとと寝る

橋本多佳子

（『海燕』所収）

昭和一二年、作者は夫橋本豊次郎を喪い、四人の娘とともに遺された。揭句はまさにその命が喪われようとするときの絶唱である。人口に膾炙した句であり、私も初学の頃から心に残った句であるが、いま冷静に鑑賞しようとして、気づいたことがある。「いのち死にゆくひとと寝る」は大変こころを摑む措辞なのであるが、「いのち死にゆく」は冗漫ではないだろうか。俳句は省略の文学でもある。死ぬとは命を失うことに他ならない。それなのにどうして「いのち死にゆく」というこの一見冗漫な措辞が心を捉えて離さないのだろう。

これは「死ぬ」と「いのち」とにおのずと違いがあるからだと思う。「死ぬ」は動詞であるが、あくまでも想念、想像の中の言葉である。他人の死を眼前に見ることがあっても、自らが体験できないものなのだ。それに対して「いのち」はそこに横たわる肉体、息、体温を包括的にモノとして捉えている。よって「いのち死にゆく」と言うことで夫の肉体は死んでゆくのであるが、まだここにある命＝魂を多佳子が握りしめて離したくないという激情が明確に伝わる。

「死ぬ」ということは理屈では理解していても、それに付随する肉体を含めた「いのち」を、この世に引き戻して、いつまでもその「いのち」とともに寝ていたいという多佳子の絶唱が十全に伝わるのである。しかもその思いが「月光」に委ねられている。一枚の宗教画のような静謐な世界を読みとることもできるのである。

橋本多佳子はこの夫の死後、本格的に俳句にのめり込み、大きく進化を遂げる。まさに昭和の女性俳人の一峯を築いたのである。夫の死という大変不幸なことではあったが、橋本多佳子という大俳人にとってこの俳句はエポックメイキングになった記念碑的な作品でもあるのだ。

桔梗白し激しき恋は一度きり

平野周子

（齋藤愼爾編『二十世紀名句手帖1 愛と死の夜想曲』所収）

俳句を選ぶには大きく二つの要因があると思う。一つは「ワンダー（驚き、詩的驚き）」であり、もう一つは「シンパシー（共感）」である。

「激しき恋は一度きり」は確かに印象に残る表現ではあるが、詩的ワンダーが得られたわけではない。いささか甘い感じもあるし、歌謡曲の歌詞のようでもあり、このフレーズが前面にでる句だと成功しないように思われる。それでも私ははじめてこの句を読んだ時から、記憶に残って、俳句ノートに書き写した。いま鑑賞を書く段階になって気づいたのは、一見この句の瑕瑾《かきん》のようにも思える上五の字余り「桔梗白し」が、中七以下のフレーズと化学反応して私の心を捉えたのだと思う。つまりシンパシーが強く得られた句なのだと思う。私は還暦も過ぎて、人生の後半を迎えているのであるが、自分の人生を振り返ってみても「恋愛」をするというのは恐ろしくエネルギーの要ることだ。恋愛経験が豊富だろうが、豊富でなかろうが、中七以下のフレーズはかなり的を射ており、決して綺麗ごとではない。もちろん読者の経験や年齢によって掲句の評価は変わってくるのであろう。例えばまだまだ若い二〇代の若者がこの句を読めば、実感のない雲をつかむような話に感じるのかもしれないから。私のようにこの「一度きり」の対象がすでにこの世にいない場合は特に重たく響くフレーズなのだ。そして「桔梗白し」である。桔梗は青紫色、淡紫色のイメージが強いが、白色の桔梗もある。作者がわざわざこの「白」に拘《こだわ》ったのも、きっと何かしらの理由があるはずであるし、激しき恋を経験する以前のイメージとしての「白」、今後の作者の理想とする生きざまとしても「白」に拘ったのだと思う。自分の経験を書くのは恐縮だが、亡くなった妻が死ぬ前年に植えた桔梗が、その時期になると必ず咲く、自宅の庭の花壇の同じ場所に。そういう意味でも私にとっては大変シンパシーが持てる作品なのだ。

暗がりに檸檬浮かぶは死後の景

三谷昭

（『獣身』所収）

わかりやすい構造の句である。「暗がりに檸檬浮かぶ」が「死後の景」であるという、主語・述語の構文で一句のイメージは明瞭に理解できる。「暗がり」は句の内容から言って、卓上の暗がりというよりももっと広がりのある、彼方の暗い宇宙もしくは暗闇の空間である。その空間の中に檸檬が一個、黄色く灯がともるように浮かんでいるのだ。あたかも発光体や宇宙空間に生まれた新星（ノバ）のようなイメージも広がる。現実の景ではなく、まさに作者自らが描いた死後の心象風景に他ならない。この心象風景に何が託されているのかは、それぞれの読者が感じとればよいのである。作者の意識の中で、暗がりの部屋の片隅の机上に一個の檸檬を見た実景がそのまま死後の景として詩的に再構築されたのかもしれない。檸檬の黄色はやわらかい灯が点っているようにも見えて、それが死後の茫漠たる風景を呼び覚ましたのだ。あるいは死後の安らぎかもしれぬ。なお作者は俳人協会との分裂後の現代俳句協会初代会長である。

渡鳥はかなきものを落しゆく

高橋睦郎

（『稽古飲食』所収）

季語としての「渡鳥」は秋に来て春に帰る冬鳥のことである。鴨、雁、白鳥などの水鳥や、鶫《つぐみ》、鶸《ひわ》などの小鳥類も含まれる。春の渡りに比べて、秋の渡りは大きな群れをなすことが多くて、より印象が強い。掲句は上五で切れが入る。したがって中七以下の措辞は取り合わせとして理解してもよいし、主体が「渡鳥」として、一物仕立ての句としても捉えられる。「はかなきものを落しゆく」主体が人間であるならば、生きている以上人間はいろんなものを落としてゆく。人間関係、友人、財産、所有物すべてのものを落とす可能性がある。一番確実に落とすものは「死までの残り時間」だ。渡鳥が中七以下の主体であるならば、長い距離を渡ってゆく過程で、羽毛や糞や体に蓄えたエネルギーなども少しずつ落としてゆくに違いない。そしてやっぱり「いのちの残り時間」も確実に落としてゆくのだ。

朝顔が日ごと小さし父母訪はな

鍵和田秞子

（『未来図』所収）

「朝顔」は「牽牛花《けんぎゅうか》」「西洋朝顔」が傍題。ヒルガオ科の一年草で原産は熱帯アジアとされ、日本へは一〇〇〇年以上まえに薬草として中国から渡来した。花が美しいので観賞用に普及した。広く栽培されるようになったのは江戸時代で、早朝に漏斗状の花を開き、昼にはしぼむ。旧暦の七夕の頃の花とされる。作者は朝顔が日ごとに小さくなってゆく様子を見ながら、普段は会いにもゆかず、連絡をしていない父母のことを思い出し、すぐにでも訪問しようと思いつく。朝顔のいのちの翳《かげ》りを目にして、すこしずつ老いゆく父母に思いが至ったのだ。十七音すべてを過不足なく使って、朝顔のしおれてゆくさまから、父母に思いが至った心境の変化を表白している。

作者は一九三二年神奈川県秦野市生まれ。お茶の水女子大学在学中に、井本農一に師事し、俳文学を研究。一九六三年中村草田男の「萬緑」入会、一九七七年第一句集『未来図』で俳人協会新人賞。一九八四年「未来図」創刊・主宰。知性派の乾いた抒情で、モチーフも新鮮であった。他の代表句は〈未来図は直線多し早稲の花〉〈炎天こそすなはち永遠の草田男忌〉〈花茨ゴルフボールが孵りさう〉〈鶴啼くやわが身のこゑと思ふまで〉〈曼殊沙華蕊のさきまで意志通す〉など。

かまつかや末期の息は吸ひしまま　今瀬剛一

（齋藤愼爾編『二十世紀名句手帖1　愛と死の夜想曲』所収）

「かまつか」は「葉鶏頭《はげいとう》」「雁来紅《がんらいこう》」の別名で、ヒユ科の一年草。熱帯アジア原産で、古くから葉の美しさを鑑賞するものとして栽培された。細長い楕円形で先端がとがった葉は八月以降、雁が渡ってくる頃に美しく色づく。「雁来紅」はここから由来している。

鮮烈な紅色を呈した「かまつか」に、最後の瞬間まで息を吸い込むと詠む。「呼吸」はその名の通り、「呼」は「はく」、「吸」は「吸う」で、順序は「はく」→「すう」だ。人間はこの世に誕生したとき、羊水を吐き出すために「泣く」が、これはまず「息を吐く」のである。つまり息を吐いて生まれて来て、息を吸って死ぬのである。「息をひきとる」という言葉は、まさにこのことなのだ。

掲句の前書に「九月五日父死去」とある。父の臨終に際しての写生句に他ならないのであるが、普遍的な生命の鮮烈さが「かまつか」によって呼び覚まされる。

作者は一九三六年生まれ。一九四四年に茨城県に疎開。以後同地に暮らす。一九七一年「沖」入会。能村登四郎に師事。一九八六年「対岸」創刊・主宰。他に〈しつかりと見ておけと瀧凍りけり〉〈雪嶺の裏側まつかかも知れぬ〉〈雁よりも高きところを空といふ〉など。

とんぼうのきのふ死にたるさまに落つ

山口青邨

（『山口青邨季題別全句集』所収）

蜻蛉《とんぼ》は秋とともに出現し、秋が去るとともにいなくなる昆虫だ。あれだけ沢山飛んでいたのに、気づいたらもうどこにも飛んでいないということはままある。草むらや木陰に、さっきまで飛んでいたかのような姿のままで墜落死している蜻蛉を見ることがある。この句をそのまま解釈すれば「昨日死んだかのように、いま落ちて死んでいる」という景なのだ。逆説的な表現ともとれる。つまり、「いま眼前で墜落死している蜻蛉は昨日落ちたであろう、そのままの形で死んでいる」ということになる。かなり捩れた手の込んだ表現をしていることがわかる。〈凧《いかのぼり》 きのふの空のありどころ　蕪村〉に似て、ちっぽけな蜻蛉の死に対して時空を超えた表現をしていることに驚かされる。

美しき死を邯鄲に教へらる

富安風生

(『年の花』所収)

「邯鄲《かんたん》」はその鳴き声を詠まれることが多い。この句もそうなのかもしれない。ただしこの句の「美しき死」は幾分かの謎がある。つまりさっきまで鳴き声が聞こえていたのだが、こと切れて聞こえなくなったのか(つまり美しき声の死)、もしくは草むらで邯鄲が死んでいる姿を作者の風生が見て美しいと思ったのか(つまり美しき姿の死)、どちらの死を言っているのであろうか。もしくはそのどちらも示しているのかもしれない。いずれにしても死というものは残酷でも、おどろおどろしいものでもなくて、およそ美しいものであると風生は邯鄲に教えられたと詠んでいる。このあたりの「死」に対する考え方は八束の〈死は春の空の渚に游ぶべし〉(本書47ページ)に近似するようだ。

風生の邯鄲の句でもう一つ有名な句がある。〈ことされてなほ邯鄲のうすみどり〉である。この句から想像すると掲句の死も、死んでいる邯鄲の薄緑の姿をうつくしいと捉えたのが正解なのかもしれない。

秋風や殺すにたらぬ人ひとり

西島麦南

（平井照敏編『新歳時記　秋』所収）

一読、どきりとする内容ではあるが、ある意味真実なのではないだろうか。だれでも長く生きていれば、他人には言えないほど深く傷つけられて、殺してしまいたいほど憎らしく思う対象（人間）が一人くらいは居るであろう。しかし「殺してしまいたい」とは思っても、「殺すにたりる」つまり、「殺すという行為が十分に適うほどの人物は居ない」のだ。直截に言うと、自分が罪を犯してでも、己れの命を賭してでも殺したいほどの人間はいない。掲句は、そんな複雑な心境を屈折ある表現で述べている。作者の頭の中には一人確かに、「憎んでも憎んでも憎み足りない奴」はいるのだろう。だが、かといって「殺すにたる人物か」と考えると、「大したことない奴だな」と思うのだ。

現代社会において聖人君子では生きてゆけない。人を羨むことも、憎むことも、疎ましく思うことも多々あるのだ。蕭然と吹く秋の風の中、「殺したいと思えば思うほど、そう念じている己れが空しくなること」に気づかされるのである。

作者は一八九五年熊本県生まれ。飯田蛇笏に師事し、生涯「雲母」俳人を通す。岩波書店に三十有余年在職し、「校正の神様」と称えられる。代表句は〈ひたひたと擔ひこぼしぬ寒の水〉〈木葉髪一生《ひとよ》を賭けしなにもなし〉〈冬の蠅やがてはとづる眼もて追ふ〉〈炎天や死ねば離るゝ影法師〉など。

これが母の死ぬ夜か星の美しき

岡本差知子

（『岡本差知子句集』所収）

身内の死というものは、それぞれ遺されたものの年齢、状況、故人との思い出の嵩などにより、その悲しみ、落胆の度合いが違ってくるであろう。死までのタイムラグの長短によっても違う。昨日まで元気にしていたのに事故などで急死する場合と、十分に齢を重ねて、ご本人も、遺族もある程度覚悟を持って死を迎える場合では全く違う。

掲句の場合は想像するに、作者本人もある程度年齢を重ねて成熟した大人であり、死んでゆく母も十分に齢を重ねていて、二人はそれなりの年月をともに過ごしてきたのだろう。安堵感と感謝の気持ちに満ち溢れている。

私の母は卵巣がんの闘病後わずか一年であったが、私の勤務する病院で六〇歳で息をひきとった。私は医師であるので悲しいことに癌患者の終末期の顛末、病状が予想できてしまう。これは大変複雑な心理状況である。助かって欲しい、奇跡が起きて欲しいという子供、肉親としての理屈では説明のつかない心情と、医師または科学者としての冷静なものの見方が自分の中で交錯するのだ。毎晩遅くまで母の病床に付き添って、病院の外に出て夜空を見上げたときに、星の美しさが妙に目に染みることが何度もあった。だから作者の一見アンビバレンスに思える表白に共感する。「母は死ぬんだ。ああ、星が美しいなあ」という一筋縄ではいかぬ心情なのだ。

作者は俳誌「火星」を創刊した岡本圭岳の妻で、彼の死後主宰を継承した。〈吾亦紅わがために咲く花とおもふ〉〈妻にして子弟夜寒の茶を淹るる〉などの佳品を残し、日常詠に芯の強さをみせる。

死後のわれ月光の瀧束ねゐる

佐藤鬼房

（『愛痛きまで』所収）

「死後のわれ」とあるので実景でないことは明らかである。真っ暗な空間を月のひかりが滝のように降りそそぐ。死んだあとの自分はその滝のようにふる月光を束ねている。という表白、祈りである。もう一つの読みは月光が降り注ぐ夜に滝の落ちてくる滝壺のところに、死後の作者があたかも人柱のように立っているのだ。「死後のわれ」なのでいかようにも読める。死んでもなお、「月光の瀧」の一部でありたい、自然や地球を支えたいという詩人としての究極の願いともとれる。「月光の瀧」が静謐で美しい。こういう措辞は使いようによっては、美しすぎて、浮いてしまい空虚に響くこともあるのだが、「死後のわれ」で己のこととして引きつけて、「束ねゐる」で実際の動作で示したことで、見事に俳句の中に溶け込んでいる。一行詩と言っていいかもしれない。

新興俳句、社会性俳句の代表作家の一人である鬼房はみちのくに生涯住み、一九八五年「小熊座」創刊・主宰。蛇笏賞作家でもある。〈むささびの夜がたりの父わが胸に〉〈切株があり愚直の斧がありし〉〈縄とびの寒暮いたみし馬車通る〉〈陰に生る《な》麦尊けれ青山河〉〈馬の目に雪ふり湾をひたぬらす〉〈やませ来るいたちのやうにしなやかに〉などなど私の大好きな佳句が多い。

七夕や遺髪といへるかろきもの

角川照子

（『幻戯微笑』所収）

七夕の夜に作者は一人の部屋に戻ったのであろうか。戻った自宅の一室には遺髪が置かれている。その遺髪を手にした時に、その軽さに言葉を失ったのであろうか。亡き人を偲んで保管してあるものだが、そのどれもが物質として、モノとしては大変虚しいものである。このことは私も遺品をたくさん保管しているので理解できる。俗な言い方をすれば貨幣価値のあるような遺品などおよそ存在せず、遺された人間以外にとっては何の価値もないのだ。しかしそのことを明示したことによって、逆に作者にとっては何物にも代えがたい重いものであることをこの句は語っている。

私事で恐縮だが、妻が亡くなったとき、抗がん剤のためにすべて脱毛して最後の三か月には妻は義髪をつけていた。その義髪を残すか、お棺に一緒に入れるかとても迷ったが、妻が恥ずかしがるといけないと思い、義髪をつけたまま火葬した。この句を読むたびにあのとき義髪を遺髪として残しておけばよかったかなと胸が少し痛むのだ。

角川照子は俳人・国文学者の角川源義の妻であり、角川春樹の母でもある。二〇〇四年に没するまで「河」主宰を務めた。

月明の一痕としてわが歩む

藤田湘子

（『前夜』所収）

一読すがたかたちのよい句である。作者は月明の中をひとりゆっくりと歩を進める。「一痕」とあるから、月明によって生じた孤影を「痕跡」または「傷跡」のように表現しているのだ。「痕」は艮（こん）という字と「やまいだれ」からなる。艮は「踏みとどまる」の意味。したがって「やまいだれ」と合わさると「傷がなおり、そのしるしをとどめること、傷がなおりかかっているも踏みとどまる」状態と解される。この字から、月明によるただの孤影ではなく、来し方の生き様や、人生そのものの表現となる。

座五の「わが歩む」がゆったり表現されて、句柄をより大きくしている。作者の俳人としての長いキャリアや功績を考えると「一痕」という措辞が、謙虚に響くし、大家としてのしたたかな自信も窺えるのである。

迎火と送火の間夫婦たり　植村通草

（『わすれ雪』所収）

七月一三日、月遅れの場合は八月一三日の夕方、祖霊を迎えるために各家の門前や戸口で焚く火を「迎火」といい、麻の皮をはいだ茎の苧殻《おがら》を焚くので「苧殻火」ともいう。場所によっては藁《わら》や麦の茎、豆殻なども使う。東北では樺の皮を焚くので「樺火」という。魂が迷わないように、海辺や川辺でも焚かれたりする。美しい日本の風習だと思う。「送火」は「魂送り」ともいい、迎えていた祖先の精霊を彼岸へ送るために盂蘭盆《うらぼん》の終わりに焚く火で、精霊や魂が帰るための道筋を照らしてやるという意味がある。掲句はその迎火と送火の間の三日間、亡くなった夫の魂が自宅に戻っているのであるから、「その間はまた夫婦でいられるんだ」というせつない表白でもある。このような表白をするのであるから、夫が亡くなってまだそれほど年月が経っていないのかもしれない。私も毎年、盂蘭盆の間は燈籠をともして、走馬燈を回して、花で飾っている。不思議に安らいだ気持ちになるのである。

ここまで明確に過不足なく、夫婦愛を詠み込んだ盂蘭盆会の句はほかにないと思う。

望の夜のうなばら濡れてゐたりけり

篠崎圭介

（『知命』所収）

「望の夜」は十五夜のこと。望月は陰暦八月一五日の月である。澄み渡る夜空に、清澄な満月が輝き、地上では秋草が咲き誇り、露を抱き、虫の音が響き渡る。このような時に中天の月を仰ぐと、夜空がしっとりと濡れて、あたかも海面のように見える。それを詠んだのかもしれぬ。むしろ実景として、大海原の上空の名月を詠んだものだろうか。真っ暗な海面に月が照り、月の明かりで海原のさざ波が光り輝いて見えるのだ。海面が濡れていることは物理的には当たり前のことだが、あえて表現したことで、しっとりと美しい景が想像できる。「うなばら濡れてゐたりけり」の措辞も格調が高く、声調美しく響きわたる。

作者は一九三四年松山市生まれ。富安風生に師事。一九七六年から松山の俳誌「糸瓜」の主宰を継承。作風は一貫して自然と人間のかかわりをとらえて、感性豊かな詩情を詠んでいる。他の作品に〈花明りしてこの世かなあの世かな〉〈一枚の空あり桐は揺るる花〉〈山桜背に蒼穹を負ひにけり〉など。

十三夜なきがらの陰《ほと》火のごとし

熊谷愛子

（『旋風』所収）

陰暦九月一三日の夜、だれか身近のひとが亡くなったのであろうか。私は仕事がら亡くなったばかりの人を清拭して、体に入っていた管や、装置をとりはずして、ご遺族に引き渡すことを行っているので、亡くなった方のお体を目にすることは多い。死後硬直のまえのご遺体は生きているかのように張りがある。お顔も生前の苦しみから解放されたせいかもしれないが、温顔であることが多い。作者は死んだばかりのご遺体の陰《ほと》をたまたま見る機会があったのか、または清拭したのかもしれない。いずれにしてもぽっと火が灯ったように温かみを感じたのかもしれない。また故人との関係性によっては情念のようなものが込められているかもしれない。「なきがらの陰」を詠むことも珍しいが、それを「火のごとし」と詠んだのも大胆かつ虚を衝いた措辞と言わざるをえない。

作者は石川県生まれ。一九五五年「寒雷」入会。一九八七年、「逢」創刊・主宰。二〇一〇年終刊。第五三回現代俳句協会賞受賞。掲句のように人間の本能と内面をみつめる句風である。その他の代表句に〈包丁始鬼ゐて逆手そそのかす〉〈死のまぶた天井に火蛾追ひつめし〉〈十二月八日かがみて恥骨あり」など。

肺に水たまりし人と天の川

鈴木六林男

（『鈴木六林男全句集』所収）

なんのためらいもない、即物的な詠みにむしろこころを動かされる。単に「肺に水のたまった状態のひとと天の川を見上げている」というだけの景である。肺に水（胸水）がたまるということは、忌忌しき問題である。医学的にいうと炎症性の胸水と濾出性の胸水に分けられる。炎症性の胸水には肺結核、肺炎などあるが、時代背景からいうと結核なのかもしれぬ。もちろん、転移性肺がんでも水が溜まり、私の母も、妻も最終段階では肺に水が溜まっている。重篤な病にあるひとと、さして危急な病は持っていない作者が同じ空の、悠久の天の川を眺めている。どんな立場でも遥かなるものへの憧憬は同じであろう。この句は私なりの口語解釈をすれば「肺に水のたまった人と、いつか肺に水が溜まるであろう自分とが、はるか悠久の天の川を眺めている」ということなのだ。人間にとって二〇〜三〇年は長いが、天の川にとってはほんの一瞬である。大事なのは何十億年という歴史の中で、今という一瞬をともに過ごすことが奇跡に近いと感じる心だろう。掲句を読むとその奇跡を感じてしまうのだ。六林男は一九一九年大阪岸和田生まれ。社会性俳句の雄であり、第六回現代俳句協会賞、第二九回蛇笏賞受賞。〈遺品あり岩波文庫「阿部一族」〉〈遠景の櫻近景に抱擁す〉〈わが死後の乗換駅の潦《にわたずみ》〉〈天上も淋しからんに燕子花《かきつばた》〉などが代表句。

女体より出でて真葛原に立つ

高野ムツオ

（『雲雀の血』所収）

真葛原は「葛」の傍題である。葛は山野に生えるマメ科の蔓性多年草。褐色の粗い毛の在る蔓状の茎は長さ一〇メートルにも達し、旺盛な繁殖力を有する。三つの小葉からなる葉の裏には白い毛があって、翻《ひるがえ》ると裏の白が見えることから、「葛の葉の」は「裏見」が転じて「恨み」にかかる序詞でもある。真葛は葛の美称である。くずは大和国吉野郡の国栖《くず》から由来すると言われる。とても生命力にあふれた植物ではあるが、荒れ果てた、死、廃墟などのイメージが付きまとう。河原枇杷男の〈月天心家の中まで真葛原〉もそのイメージの家に、月がさしているという景である。

さて掲句であるが、母の体内（女体）から生まれ出てきて、荒涼とした真葛原に立っている男のイメージであろうか。もちろん立っているのは男でなくてもいいが、男だろうが、女だろうが、この世に生まれて来て、結局は真葛原に立つしかすべがないということかもしれぬ。人間存在がどこから来てどこへ行くのか、その存在の不確かさをメタファーしているのかもしれない。

作者は一九四七年宮城県生まれ。佐藤鬼房に師事。二〇〇二年鬼房亡きあと「小熊座」主宰を継承した。二〇一一年三月一一日、東日本大震災に被災し、その後は震災詠にも積極的に取り組む。第四四回現代俳句協会賞。第四八回蛇笏賞を戦後生まれとして初めて受賞した。

野菊まで行くに四五人斃れけり

河原枇杷男

（『鳥宙論』所収）

形而上俳句（目に見えないものを詠む、非客観写生的な句）の第一人者と私が考える作家が河原枇杷男である。掲句も枇杷男の代表句の一つと思われるが、その鑑賞はやはり一筋縄ではいかない。この句の季語である「野菊」も他の枇杷男句と同様に、いわゆる「野菊」であって「野菊」ではない。普通の俳句作家の季語とは違い、彼の使用する季語はその本意とかけ離れており、何かをメタファーする「キーワード」でしかないのだ。

一般的な花鳥風月の俳句として鑑賞すれば、作者は野菊の咲いている何処か美しい場所をめざして歩みを進めている。しかし、その道程には四五人が道半ばで斃《たお》れて死んでいると詠む。例えば戦時下に戦争の最前線を詠んでいるとしたら、実景として理解できる。しかしそうではない。枇杷男ははじめから、自らの句を具象的に詠もうとはしていない。彼はまず詠みたい主題または観念的思弁があって、その観念的主題を詠むために「季語」と形而上学的措辞を合体させて一見完成度の高い作品に仕上げているのだ。

それでは掲句の「野菊」は何のメタファーなのか？　枇杷男俳句の根底には一貫して「己れという存在は何処から来て、何処へ行くのか」という問いがある。掲句「野菊」も「自己と言う存在が行くべき場所」のメタファーではあるまいか。それは「桃源郷」のような理想郷かもしれないし、魂の帰ってゆくべき「故郷」なのかもしれない。また蕪村のように「魂の在り処を求める郷愁や懐旧」に近いものかも知れぬ。だが枇杷男の追求する「自己存在への問い」には正確な答えは見いだせないのだ。

人間は何処から来て、何処へ帰るのか――。そんな永遠の命題を抱えて枇杷男は俳句を詠み続け、その道程で四五人の先人たちが斃れ伏しているのを確かに目視したのかもしれない。枇杷男自らもその四五人と同じ運命となってしまうことを半ば諦観しているようにも思える。

こめかみは鱗のなごり稲光

秋月玄

（齋藤愼爾編『二十世紀名句手帖1　生と死の夜想曲』）

「こめかみは鱗《うろこ》のなごり」という措辞。感覚的な比喩として用いたものだろう。鱗＝魚類、そして人間は胎生期には魚類のように鰓《えら》を持つ。生まれる頃にはその鰓が消失するのだ。ただしまれにその鰓の遺残が、赤ちゃんの「あざ」として誕生後も残ることがある。そのような病態を鰓弓《さいきゅうい》遺残《ざん》という。作者に医学的知識があるか不明であるが、「稲光」がしきりに発生する夜は、人間は恐怖感と、不思議な原初的な気分に襲われる。遠い昔、まだ人間が魚だったころに先祖帰りするのである。この句は鋭敏な感性にあふれた句といえる。もう一つ医学的にびっくりしたのは、「こめかみは鱗」という措辞である。「サメ肌（魚鱗癬《ぎょりんせん》）」という皮膚疾患があるが、重症型と軽症型を鑑別する方法は、実はこめかみに鱗（サメ肌）があるかないかなのである。この点も医学的にも正しい把握である。「稲光」「稲妻」は雷、雷鳴と違って電光に焦点をあてた季語である。昔の農民はこの現象が稲の出来不出来に関係すると考えた。稲がこの電光によって霊的なものを呼び覚まし、実るものだと考えたのである。そこから稲の伴侶→稲夫→稲妻と転じたと言われる。「稲光」は地霊信仰や、霊的なものとの関連があるので中七までの不思議な現象と結びついても何ら不思議はない。

それ以來泣かぬ女を秋蚊さす

堀井春一郎

（『修羅』所収）

掲句はドラマか短編小説の一場面を見せるような作りである。恋人だろうか、夫婦だろうか、ある諍《いさか》いがあり、その時は大いに泣いたのであろう。しかしそれ以来の日々、泣いているところは見たことがない。その女を今日はどうしたことか秋蚊が刺したのである。冷ややかな抒情と醒めたエロスも感じられる句である。「それ以來」の措辞が謎めいていることと、客観性を表現させることに成功している。

作者は一九二七年東京都生まれ。「氷海」「天狼」入会、「天狼賞」受賞。境涯的な情感のある句や、品のあるエロスの句を詠んだ。四九歳で死去しているが、「氷海」時代は鷹羽狩行、上田五千石、齋藤愼爾に影響を与えた異色の作家であった。他の代表句として〈冬海へ石蹴り落し死なず帰る〉〈少年の壺中にぐみの実と涙〉〈されどプールの白き柩形《きゆうけい》冬青空〉〈山百合や母には薄暮父に夜〉などがある。

わが骨の髄はくれなゐ夕月夜

沼尻巳津子

（齋藤愼爾『二十世紀名句手帖1　愛と死の夜想曲』所収）

「骨髄」は骨の内腔を満たしている柔らかい組織であり、赤血球、白血球、血小板を作る造血器官である。赤い色を呈するが、年齢とともに、脂肪が増加して、黄色くなる。さらに「心の奥、心底」という意味と、「最も重要な点、主眼、骨子」という意味も持つ。掲句の場合は造血器官としての骨髄を詠んでいるのであろう。作者自身の骨髄は燃えるように赤色であり、旺盛に命の根源を造成しているのであろう。そこには「心の奥」が燃え滾《たぎ》っていることも示しており、情念をも表出しているのだ。骨髄のくれない色と、季語の「夕月夜」が緊張感をもって対比されている。今昔物語でも用例があり、「自ら身を焼きて骨髄を地に落す」という激しい表現もある。女性の激しい情念の在り処を詠むのに紅の骨髄は詩歌のメタファーとして適しているように思う。

作者は一九二七年東京生まれ。高柳重信、桂信子に師事。非現実の風景を積極的に詠む句風。他に〈けふ我は揚羽なりしを誰も知らず〉〈夢十夜ことごとく花吹雪せり〉など。

秋聲を聴けり古曲に似たりけり　相生垣瓜人

（『明治草』所収）

「秋の聲（声）」の「声」と言っても、人間や鳥獣の声というわけではなく、もともとは木の葉や秋草をそよがせて、あるいは巌頭《がんとう》を吹き抜ける風が立てる音からでた言葉である。「秋の声」は「爽籟」という季語と異なり、秋風が奏でる音のみならず、秋の雰囲気を醸《かも》し出すあらゆる物音が含まれる。いわば秋を感じさせる「こころに響く物音」である。だから、耳で聞く音である場合もあるし、何か聞こえてくるような気がすることも含む。私はむしろ後者のほうが主体だと思っている。つまり秋の気分が感じ取った「心の耳」で聞く音なき音をひっくるめて、秋を感じるのが「秋の声」の本意である。したがって、掲句は本当の意味で古曲が聞こえて、「秋の声」を聴いたわけではなくて、「心の耳」で古曲を聴いたのである。それは例えば琵琶法師の奏でる音声《おんじょう》かもしれないし、平家物語などに伝わる古曲かもしれない。いずれにしろ、「秋の声」の本意が、聞こえないはずの音（この場合は古曲）が聞えてくることに通じるのである。長谷川櫂は『国民的俳句百選』で、この句の古曲は平家物語に出てくる「想夫恋」と想定しているが、ここはどんな古曲でもいいのだと私は思う。

秋の暮大魚の骨を海が引く

西東三鬼

（『変身』所収）

一九六〇年、三鬼六〇歳での作で、この二年後に癌で死去している。もしかしたら、すでに体調も思わしくなく、ひたひた寄せる己の体力の低下と老境を感じとっていたかもしれぬ。

さてこの三鬼の代表句の一つにはあまりに多くのノイズ（句に関する情報や先人の評価・鑑賞）が存在するために、まず私の第一印象から述べてみたい。ヘミングウェイの『老人と海』を読んだことがあるか、映画などで知っている人にとっては、やはりそれを思い出すのが自然なのではと思う。老漁師が二日間の死闘の末に捕えた巨大なマカジキを、せっかく浜に連れ帰ったが、サメに襲われて、マカジキは骨だけになっていた。ヘミングウェイがこの作品を発表したのが一九五二年。三鬼がこの句を詠む八年前なので、『老人と海』の存在は知っていた可能性が高い。『老人と海』との関連性は長谷川櫂もその鑑賞文で指摘している。

しかし結論から言うと、掲句は三鬼が住んでいた葉山の海岸での実景であると言われている。弟子の三橋敏雄は「当時の葉山・森戸海岸の波間には文字通り『大魚の骨』がしばしば浮き漂っていた。近在の零細漁師が打ち捨てた遺物である。しかしそういう事実を離れて、この句の表現はいかにもしみじみした哀感に溢れている」と述べている。もう一人の弟子、鈴木六林男も同様に実景であることを言っている。

この句が実景だろうが虚構だろうが全く関係なく、虚無的な、寂寥感に溢れる表現だ。誰もいなくなった地球の終末の海岸のような近未来SF的なイメージも広がる。清水哲男がその鑑賞で「秋の暮」がこの句では付き過ぎであると述べているが、私もその意見に反対はしない。なぜなら私は掲句を初心の頃から暗誦していたが、どうしても上五の季語を思い出せないことが時々あった。中七以下の強烈なフレーズに「秋の暮」は必要なかろうと思う。私にとっては、この句に季語は必要なく、中七以下の措辞のみで、十分に記憶に残る、もしくは成立している作品なのだ。

仁平勝が「秋の暮論」という評論で、「秋の暮」という季語は大変強烈な季語なので、それを使うとどんな作品もそれなりの俳句的情緒を醸し出すことができると述べているが、この句の「秋の暮」は中七以下のインパクトのある措辞に凌駕されて、完全に「添え物化」していると思う。こういう存在感の薄い季語の使い方を「ゼロ季語」と呼ぶことがあるが、「秋の暮」を使った名句のうちで「秋の暮」を「ゼロ季語化」した唯一の名句が掲句であることは大変興味深いと私は思う。

死顔が満月になるまで歩く

平井照敏

（『枯野』所収）

鑑賞を拒んでいるような俳句でもある。散文への置き換えはできないことを前提に詠まれている。私の想像はこうである。作者は大切なひとの死に直面している。その死顔をまざまざと凝視し、眼裏に焼き付けているのだ。思わず夜に外へ飛び出し、歩きながら死者の顔を思い出している。相当歩き疲れて、郊外に出たとき夜空には満月が見える。今度はその満月を見ながら歩く、ひたすら悲しみをこらえて。すると夜空の満月がいつか死顔と重なったのである。満月と死者の温顔とが満月で繋がる一瞬である。哀しみ、慟哭が一瞬癒される瞬間でもある。遺されたものは死者のことをいつまでも忘れず、その顔は満月とともに眼裏に焼き付けながら生きてゆけばよいのである。破調的なつくりが現代詩的な効果と、この屈折した感情を表白しているように思う。

平井照敏は一九三一年東京生まれ。フランス詩の研究者で詩人・俳人。俳句は加藤楸邨に師事し、「寒雷」編集長を経て、「槇」創刊・主宰。評論家としても俳論や著作が多数あり、特に『現代の俳句』（講談社学術文庫）と『新歳時記』（河出文庫）は労作かつ大作である。その他の代表句に〈鰯雲子は消ゴムで母を消す〉〈リヤ王の墓のどんでん返しかな〉〈引鶴の天地を引きてゆきにけり〉〈全円の虹胸中に立ちにけり〉などがある。

汝の手の芒をいつか我が持つ

加藤三七子

（『戀歌』所収）

芒原《すすきはら》を二人で歩いている。ある程度歳月を共にした夫婦なのかもしれぬ。夫は芒原の芒を一本手折って、手に持ちながら歩いているのだ。その手の芒を見たとき、妻である作者は掲句のような感慨が起こった。「いつかあなたがいなくなったら、その手の芒は今度は私が持って歩いてゆく」と。それは妻の決心にも似た諦念であろうし、一種の「いのちのバトン」を受け渡されて、今度は自分が誰かに渡してゆく。生きていること、生き抜くことは結局、今持っている芒を誰かに渡してゆくことなのだと気づいたのかもしれぬ。この場合の「芒」はいのちをメタファーしたものと思われる。芒は日当たりのよい原野、荒れ地、土手などに群落をつくり、夏から秋にかけて二～三〇センチの白い花穂をつける。芒そのものを客観写生的に詠まれる場合もあるが、芒や芒原は人生そのもの、いのちなどのメタファーに使われることも多いと思う。

作者は大正一四年兵庫生まれ。阿波野青畝に師事し、「黄鐘《おうじき》」創刊・主宰。客観写生をベースにして、王朝文学への憧憬も詠み込む典雅な句風。平成一一年俳人協会賞受賞。その他の代表句に〈抱擁を解くが如くに冬の濤〉〈鹿垣も夢前川をさかのぼる〉〈サタンいまこころにひそみ毛絲あむ〉〈胸もとにみづうみ匂ふ星祭〉などがある。

喪の家の露のかんぬき入れしまま

日野晏子

（倉田紘文編『秀句三五〇選6　死』所収）

俳人日野草城の妻である作者。「かんぬき・閂」は昔の家では使われていたもので、門戸をさしかためるための横木である。門扉の左右にある金具に差し通して用いる。「かんぎ」ともいう。「露のかんぬき」が何とも哀切だ。夫が亡きあと、まだ「喪の家」は閂を入れたままで、その横木がびっしりと露で濡れていることを詠んだ。外の人たちとのやり取りは再開しているとしても、こころを閉ざしたままの「喪の家」に住む作者の心理状況を「露のかんぬき入れしまま」でメタファーしている。こんなにも思ってくれている妻が居たということは日野草城も本望であろう。

作者は一九〇六年大阪生まれ。有名な日野草城の作品群「ミヤコホテル」の新妻である。戦後結核を病んだ夫をなぐさめるために句作をはじめ、一九四九年から草城が主宰する「草玄」に投句。夫の闘病生活をたすけながら、口述筆記をして、雑誌編集事務もこなした。

草城は一九五六年に五四歳で亡くなったが、その後、一九八七年、八一歳まで健在で俳人として活動。草城を偲んだ佳句が多い。他に〈夫の忌の白足袋濡るる傘の中〉〈七夕や死なねば夫と逢へぬなり〉〈夫の過去わが過去月に照らさるる〉など。

ともしびを数へてあとは露の山

鷲谷七菜子

（『天鼓』所収）

　掲句の季語は「露」。露は大気中の水蒸気が気温の低下により、地表の木々や草に液体として形をなしたものである。万葉集の頃から詠まれている、長い歴史的な情緒と情感を纏《まと》った季語ではある。露でしとど濡れた秋の山を作者は歩いているのかもしれない。はじめは山の裾野を歩いていて、人家のともしびもちらほらと、数えるほど見えていた。さらに歩き進めてゆくと、あとは「露の山」そのものしか残っていない。作者は露の山のみに取り巻かれているのである。露は日差しとともに消えてゆくので、生命の行く末のはかなさを詠むことにも使われ、涙を連想させることもある。そういう歴史的情緒を纏った「露の山」にひとり取り残されている。たとえようのない孤独、不安あるいは生きていることの漠然とした悲しみが暗喩されている。しかし掲句のコアは私は「あとは」だと思う。この主格名詞がこれほどまでに活きている句は他にないのではないかと思う。まず「ともしびを数へて」までは人里＝この世と繋がっているのであるが、「あとは」のあとには「ともしび一つもない露の山が広がっている」という暗黒世界へと誘われるのだ。それはあたかも人間がどこから来て、これからどこへ行くのか、命というものの行く末を暗示しているように思えるのだ。

雁やのこるものみな美しき

石田波郷

（『病雁』所収）

俳人として必ずと言っていいほど聞かれる質問が、「あなたの一番好きな句は何ですか？」である。私は好きな句はたくさんあるのだが、その質問の答えには、かならずこの波郷の句を一番に挙げている。二〇年以上同じ回答をしているので、おそらく今後も変わらないのだと思う。言い訳めいて気が引けるが、一番好きな句だからと言って、すばらしい鑑賞ができるわけではない。掲句は山本健吉をはじめとして多くの俳人や評論家によって評価され、鑑賞されて来ている。名鑑賞を読みたかったら、それらの著書に当たってほしい。

初心のころ熱心に読み込んでいた山本健吉の『定本現代俳句』を、久しぶりに読みなおしてみると、掲句のところに赤印で◎がついている。そのころを思い出してとても懐かしい。

この句の前書には「留別」とある。波郷本人の文章を抜くと「昭和十八年九月二十三日召集令状来。雁のきのうの夕とわかちなし、夕映が昨日の如く美しかつた。何もかも急に美しく眺められた。それら悉くを残してゆかねばならぬのであつた」（『波郷百句』）。これらの情報は掲句を鑑賞する上でとても重要で、これから死を覚悟して出征せねばならぬものの眼にはすべての自然が美しく映ったことも十分に共感共鳴できる。

さて最近の若手俳句評論家の間でさかんに使われるテクニカルターム（専門用語）に「ノイズ」がある。ノイズは文字通り「騒音」「雑音」という意味だが、これらの情報（作者の境涯や作句の時代背景）があることによって、俳句作品の読みに影響をきたし、純粋に作品を評価する上では邪魔になるという意味で、どちらかというとネガティブな意味に使われている。私は「ノイズ」が決して俳句鑑賞の邪魔になるとは思わないが、できるだけこのノイズを排除して、波郷の境涯を知らない人でも、純粋にこの作品だけでどこまで鑑賞できるか試行してみたい。

まず「雁や」の打ち出しが、美しく、古典的情緒を纏《まと》っている。しかも切れているから、ここで大きく場面展開がなされている。私は「雪華」二〇一六年九月号に「俳句はプロテウス」という小論を掲載し、俳句には「架空の語り手」がいて、それはどんな動物やモノにも姿形を変えることができる（プロテウス：自由に姿を変えられる神）と述べた。つまり掲句の「語り手である波郷＝作者」がこの上五の打ち出し（詠嘆）によって、空をわたる「雁（かりがね）」に変身したと捉えている。雁（かりがね）の眼を通して、上空から俯瞰的に見る日本の風景、住み慣れた町、美しい山河、そして俳友を含めた友人たち、残してゆく妻や家族、自分に携わってくれたすべての人たちも、ことごとくすべて美しいと表白しているのだ。もし、中七以下の措辞（地上に残るすべてのもの）の中に波郷そのものが存在して、下から上空を飛ぶ雁を眺めているだけだとしたら、「自分自身も含めて美しい」と詠むことになり、陳腐な自己賛美になってしまう。自らは雁に姿を変え、この日本を離れ遥か遠くへ渡ってゆくからこそ、残ったものすべてが美しく見えるであろうし、その思いを表白できるのである。

さて私が集めている俳句入門書にはほとんどすべてに、「俳句で美しい、さびしいなどの主観的な表現はさけるべきだ」と書かれている。しかし、この句を一番の愛誦句とする私にとってその情報は「ノイズ」でしかないわけである。

水澄んで影あるものの来るを待つ　塩野谷仁

（「俳句αあるふぁ」151号所収）

「水澄む」は、秋には水が底まではっきりと見えるほど澄み渡るところから来た季語であるが、身近なものがすべて澄んでくるような、多分に感覚的な語感を含んでいる。掲句は、はっきりと実体を示すものは詠み込まれていない。作者は河川の清流の底まで澄み渡っている水をじっと見ている。実体のあるもの（影の主）は何も見えない。どこまでも澄んでいる水は影のあるものが近づいてくるのをじっと待っているように作者には思えたのかもしれない。この場合の「影あるもの」は、命あるものと捉えてもいいであろう。水がなければ、地球上に生物は誕生しなかったわけだし、人間も影あるものの一つにすぎない。読みとしては、「水澄んで」のあとで切れを入れて読むべきだろう。影あるものをひたすら待っているのは人間である作者自身であるかもしれぬ。水が澄んでいるのを見て、作者自身が「澄む水」に変身して、ひたすら、影あるもの（生者）が近づくのを待っているのだ。それは作者の孤独感や、寂寥感のメタファーなのかもしれない。

作者は一九三九年栃木県出身。「海程」創刊とともに金子兜太に師事。一九八三年海程賞受賞。一九九九年同人誌「遊牧」創刊・代表。他に〈ふらここを降り正夢を見失う〉〈やくそくの数だけ落ちる冬の星〉〈虹二重人影にひと追いつけず〉など。

露の世に妊りし掌《て》のあつさかな

上田五千石

（『田園』所収）

露の世とか露は、この世のはかなさ、命のはかなさに例えて詠まれることが多い。掲句の場合は、行く末がどうなるか知らぬこの世で、一つの新しい生命を授かった女体の掌のあつさを詠嘆している。新しい生命を受け取った喜びの句である。

子を授かった喜びの句は多くの俳人が詠んでいる。しかし掲句では、胎児や受胎といった概念的・思念的な捉え方ではなく、実際に妊娠した妻のてのひらの熱さを喜びをもって詠み、そこに「露」という季語を斡旋している。

実際、基礎体温は排卵のあとに高温期が続く。妊娠すればそれが持続するわけであるから、手足が火照るとか、平均体温が上がったという妊婦は多い。つまり、実景を詠んでいる強さがあると思う。

流燈や一つにはかにさかのぼる

飯田蛇笏

（『山廬集』所収）

盆の終わる一五日あるいは一六日の夜、川や湖や海へ燈籠を流す行事を「流燈」あるいは「精霊流し」と言う。

川に燈籠を流して、皆しばらくは眺める。それはかなり下流まで、見えなくなるまで見送るのが常であろう。どうしたことか、たった一つの燈籠があたかも群れを離れるがごとくに、遡《さかのぼ》ったという景を詠んでいる。水流に従ってしずかにしずかに亡者の魂が流れてゆくさまが、これらの魂の冥福を祈るのにふさわしいのであるが、おそらくは一部の水流の都合で、にわかに遡っていったわけである。これは浮かばれざる魂のなせるわざなのか、群れを離れた一流燈の火はいつまでも消えることなく冴えわたっているかもしれぬ。「さかのぼる」という措辞も素晴らしいが、これを活かすように置いた「にはかに」が格別に利いていると思う。同じ作者に〈いわし雲大いなる瀬をさかのぼる〉もあり、やはり「さかのぼる」という措辞で佳句をなしている。

イエスよりマリアは若し草の絮

大木あまり

（『火のいろに』所収）

掲句は作者の代表句の一つと言える。マリアはイエスの母親なので、もちろんイエスより若いはずはないのであるが、われわれがいつも目にするマリアの姿は苦悩を背負ったイエスよりも常に若く見える。逆に言うと、イエスの姿が絵画においても彫像においても老成して見えるからかもしれない。マリアは健やかな母性の象徴として描かれることが多いせいか、確かに若々しいのだ。「イエスよりマリアは若し」のフレーズは虚を衝いた表現ではあるが、人の心に残る母性のイメージにおいては、ある意味真実をついているとも言える。風に乗りながら新天地を求め、新しい生命の種になる「草の絮」の季語も、若々しくて健やかな母性の「マリア」のメタファーとして素晴らしく適合しているとも言える。この真実をついたフレーズに「草の絮」を配したことで、掲句は未来の明るさと、普遍性が備わった句として見事な光彩を放っている。

ちちろ虫夢で逢うたが忘れたか

五十嵐秀彦

（『無量』所収）

「ちちろ虫」は「蟋蟀《こおろぎ》」の別称であり、種類が多い。秋の夜に鳴く虫一般であり、つまりこの手の昆虫の「総称」ということになる。初秋から晩秋まで声が聞かれる。晩秋には昼間から鳴きだすこともｏ。エンマコオロギはコロコロ、リリリと鳴き、ツヅレサセコオロギはリーリーと鳴く。このほか鈴虫、マツムシ、邯鄲《かんたん》、草雲雀《くさひばり》などが代表種である。

掲句の中七以下の措辞から、やはりどうしても「邯鄲の夢」あるいは「邯鄲の枕」という中国の唐の時代の故事に触れねばならない。この故事はその後、多くの派生語を生み、日本にも文化的影響を与えたので、長くなるが紹介する。

主人公は「盧生《ろせい》」という青年で、故郷を離れ風来坊のような生活を送っていた。「邯鄲」という街で、「呂翁」という道士（日本でいう仙人）に出会い、延々と自分の不遇、生い立ちを嘆いた。そこで呂翁は夢がかなうという枕を盧生に授ける。その枕を使ってみると、みるみる出世して、嫁ももらった。冤罪《えんざい》で投獄され、名声を求めて後悔し、自殺しようとしたが、運よく処罰を免れ、冤罪が晴れて信義を取り戻した。栄耀栄華を極めて国王にも就き、子にも孫にも恵まれ、幸福な生活を送ったが、老齢となり、多くの人々に惜しまれて眠るように死んだ。ふと目覚めると、実はすべては夢で、まだ呂翁に出会った当日であり、寝る前に火に掛けた「粟粥《あわがゆ》」が煮あがっていなかった。目覚めた盧生は枕元の呂翁に「人生の栄枯盛衰すべてを見ました。先生は私の欲をすべて払ってくださった」と丁寧に礼を言い、故郷へ帰って行った。ここから「邯鄲の夢」「一炊の夢」、中国では粟のことを「黄粱《こうりょう》」というので「黄粱の一炊」などの派生語が生まれたのである。

さて掲句に戻るが、作者は眠りにつく前も、目覚めたあとも虫の声を聞いていたのだろう。コオロギ科のカンタンであれば、細長く薄衣を纏《まと》ったような繊細な姿であり、ル、ル、ル、ルと単調微妙な美しい声で鳴いているはず。そして目覚めたあとで、夢の中で会ったひとを思い出したのだ。その人はもう遺影でこの世にいないひとかもしれない。そんな亡き人に託す思いで、ちちろ虫に「夢で逢ったのに忘れたかい？」と声掛けをしたのであろう。ちなみに能にも「邯鄲」の演目があるし、芥川龍之介も「黄粱夢」という作品を書いた。私の好きな中島みゆきの「夜会 vol.3　KANTAN」（一九九一年）はこの物語をモチーフにしている。季語の「邯鄲」にしてしまうとあまりにベタなので、「ちちろ虫」と少しずらしたのもこの句の美点である。

作者は「藍生」会員、「雪華」同人。二〇〇三年現代俳句協会評論賞受賞。第一句集『無量』がある。

鶫死して翅拡ぐるに任せたり

山口誓子

（『晩刻』所収）

「鶫《つぐみ》」はスズメ目ツグミ科の冬鳥。体長は約二四センチ、翼のあたりが明るい褐色で白っぽい胸には斑がある。眉のあたりは白い。秋に群れをなして渡ってくるので、秋の季語とされる。羽根のふわふわしている鶫が地面に落ちている。すこし斜面になって、高低差があれば、重力に伴って、だらりと翅が垂れ下がり、拡がってみえるのであろう。空を飛んでいる生き生きとして可愛らしい鶫と違い、地面に落ちている鶫を誓子は特有の冷徹な写生で詠んでいる。ただし冷徹な写生と言っても、無残さや冷酷さを感じないのは、作者の目のあたたかさから来るものなのか。または鶫そのもののイメージがあまりに死とはかけ離れていて、鶫の本来持つ小ささや、柔らかさから来るのか。「つぐみ」という音の響きによって、何となく温かみを感じる作品になっている。これが鶫でなくて他の野鳥であれば、別のイメージになったかもしれない。

誓子の自句自解によると、この鶫は誓子の掌の中にいるそうで、「つぐみが身にひきつけている両の翼を、両手でつかんで、それを拡げて見た。翼はまっすぐに拡がった。しかし私が拡げたから拡がったのではない。死んでいるつぐみが、私の拡ぐるに任せたから拡がったのだ。つぐみは死んで、私の為すままになったのだ」。これを読むと、作者自身が無理に拡げたようで少しがっかりさせられる。自句自解の難しさをついつい思ってしまうが、ここは地面に落ちていた鶫が自然の摂理に伴って翅が拡がったと読む方が詩があると思う。

空へゆく階段のなし稲の花

田中裕明

（『夜の客人』所収）

この句を読んで思い出すのが、橋閒石の〈階段が無くて海鼠の日暮かな〉である。「階段がない」というキーワードでアナロジーがあるかもしれないが、それ以上にこの二つの句は読み手を困らせる、あるいは途方に暮れさせる魅力があるという共通点がある。「空へゆく階段のなし」という措辞で、読み手は「なし」と言われながら、むしろ空に向かって想像上の階段を思い浮かべてしまう。いやはっきりとその階段が見えてくる。この空は読み手もそして作者自身もいつか召されてゆくべき天上である。口語的解釈を試行してみる。「空へ向かってゆく階段がないといっているが、見えてしまっているのはいったいどうしたことだろう。自分自身の生命力が弱っているせいなのか？　しかし確かに地上に見える稲の花はやがて迎える豊穣の予兆でもあり、生命の兆しでもあるのだ。そうだ天上にむかう階段なんてきっとないに違いない、稲の花の一斉に開花した上空は明るい空だ。生きる希望がみえる空なんだ」。このように私は解釈した。不治の病に侵された作者が希望を詠んだ句に思える。「稲の花」の持つ、つつましい充足感と明るさが、作者だけでなく読者の希望を補完してくれるのだ。

一九五九年大阪生まれ。二〇〇〇年「ゆう」創刊・主宰。二〇〇四年に夭折。他に〈大学も葵祭のきのふけふ〉〈たはぶれに美僧をつれて雪解野は〉〈渚にて金澤のこと菊のこと〉など。

わがいのち菊にむかひてしづかなる

水原秋櫻子

（『新樹』所収）


水原秋櫻子の菊といえば代表句がある。〈冬菊のまとふはおのがひかりのみ〉。「秋櫻子先生の句を一句のみ選べ」と言われた弟子の波郷がこれを挙げたという。たしかに名句と思う。それでもあえて私は、「冬菊」よりも「わがいのち」の向かう菊を選んだ。

掲句の鑑賞はさほど難しくないように思う。大輪に咲き誇っている秋の菊である。白あるいは黄かもしれぬが、生命力に満ち満ちた光を放っているのであろう。それに比べて作者自身のいのちは菊に相対して、しずかである。己れが弱っているとかは少しも詠まれてないが、菊そのものの美しさ、光かがやく生命力に向かうことで、すでに作者の晩年感が漂っているように感じる。表現しているのは菊の前に佇んでいるおのれ自身のありようである。それは自分の「存在」ともとれるし、「残された生命力」ともとれる。いずれにしても菊と相対する自分は「しづか」であることを詠んだ。

掲句は「瓶の菊」と題した五句のちょうど三句目に発表された。前二句と後二句は次のとおりである。〈麗はしき菊なりければ虫もこぬ〉〈わがいのちさびしく菊は麗はしき〉〈疲れてはおもふことなし菊の前〉〈椅子よせて菊のかをりにものを書く〉。

前後の句をみても、やはりおのれの生命の翳りや、菊に比較した自分の日々の貧しさなどが詠まれているように思う。その点、掲句は「しづかなる」と詠んだことで、敢えて言うと「人生のピーク」を過ぎた自分自身を客観的に見つめて、大輪の菊の前で素直に自分のありようを描いているように思う。つまり人生の淋しさというよりも、それを見つめなおして老いによる衰えを肯定する心境に移っているように思う。だからこそ私はこの句を重視するのだ。

これらの連作を秋櫻子自身は「力をこめたものであるが、菊の美しさを描き出すにはまだまだ腕の足らぬことが嘆かれた作」と述べている。私は美しい菊を詠むとき、その美しさを描くのではなく、それを目の当たりにしている己を描く方がよいと思っているのだが、秋櫻子自身はこの作には納得がいってないようだ。そしてその後に生まれたのが前述した「冬菊の句」なのだ。冬菊の句は、菊そのものの美しさは描き切れていると思うが、私は掲句の方が好きである。

秋櫻子は一八九二年東京生まれ。産婦人科医。ホトトギス四Sの一人で、「馬酔木《あしび》」主宰。一九六二年俳人協会会長、一九六六年日本芸術院会員。

此の秋は何で年よる雲に鳥

芭　蕉

（『笈日記』所収）

老いの自覚はどんな時に感じるであろうか。若い頃ならできた徹夜仕事も、現在は無理であるとか、登ることができた山も、もう登れなくなったとか。そのような体力の衰えを感じるときかもしれない。しかし、それは老いを観念的に捉えているだけで、本当の老いの自覚ではない。回復するはずの病状が思わしくない、思うように動けない、気力が失われて、ついには「死の予感」が訪れる。この時こそ「本当の老い」の自覚ではなかろうか。掲句は元禄七年（一六九四年）九月二六日、芭蕉五一歳の作。芭蕉は初夏に旅に出て、まだ旅の途中である。「どうしてここまで老いの衰弱に悩まされるのであろうか」という芭蕉の詠嘆が込められている。ここまでベタに心の嘆きを表現した句は珍しいのではなかろうか。そして座五に置かれた「雲に鳥」。雲の彼方に去ってゆく渡り鳥のことであり、冬の到来の前に、次のステージに旅発つ鳥の姿である。老いを自覚する己れの姿に対して、飛び去ってゆく鳥たちに取り残された焦燥感と、老いの行く末の不安が「何で」と嘆かせたのだ。「何で」にはまだまだやり残したことが沢山あるという芭蕉の無念さが込められている。また死に繋がる老いを深く自覚した芭蕉が、雲の果てに飛んで行く鳥に自分の夢を託したともとれる。その「夢」が、辞世の句である〈旅に病で夢は枯野をかけ廻る〉に繋がってゆくのだ。

菊枕ひと夜のくぼみありにけり　佐藤博美

（『佐藤博美句集』所収）

「菊枕」は傍題が「菊の枕、菊枕《きくちん》、幽人枕《ゆうじんちん》」など。菊の花を摘み、陰干しにして、よく乾燥させたのちに枕に仕上げたもので、重陽に花を摘むのがよいとされた。菊の露をのむと不老不死になるという中国の伝説があり、菊枕は邪気を払い、頭痛を治し、目を明らかにする効能があるとされる。そのため老人がこれを用いたり、長寿を祈って人に贈ったりすることもある。

掲句であるが、作者本人の菊枕かもしれない。朝起きぬけに見たら、前夜の時間の重みを受け止めるかのように、ひと夜の窪みがまだ残っていた。そんな情景を詠んだかもしれない。あるいは愛する人の寝床の準備をしていると、昨夜の名残なのか、枕の窪みがそのままになっており、この枕でどんな夢を見たのだろうかなどと想像しながら、「ひと夜のくぼみ」を見つめているのかもしれない。恋の句とも取れるし、単純に客観写生の句なのかもしれない。いずれにしても「菊枕」の持つ風情がこの句の解釈に重奏性をもたらしている。

糸瓜咲て痰のつまりし佛かな

正岡子規

（『子規句集』所収）

絶筆三句の一つ目に詠まれたものである。もう二つは〈痰一斗糸瓜の水も間にあはず〉〈をととひのへちまの水も取らざりき〉である。本来この三句を一緒にしてなされる鑑賞文が多い。明治三五年（一九〇二）九月一八日夜、正確には一九日午前一時〜二時ころに絶命した子規は、一八日、画板に紙を貼り、仰臥で句を記した。満三四歳であった。

さて掲句であるが、遅れ咲きの糸瓜の花もまだ咲いていたのであろう。「咳止めの効果のある糸瓜の花は咲いたのだが、痰の詰まったわが身はまるで死ぬ寸前のようだなあ」という詠嘆と、そんなおのれを突き放すように「佛」になってしまったという断定とで、成仏直前の痩せこけている病軀を客観視した言葉である。死ぬ寸前の苦しみの中で客観的でしかも、おのれの姿を俳諧化・滑稽化している。このような俳人の魂は最強、最上のものと思われる。

さて、山本健吉は『定本現代俳句』の中で、芭蕉の〈旅に病で夢は枯野をかけ廻る〉と、蕪村の〈しら梅に明くる夜ばかりとなりにけり〉という絶唱とに比較して、次の様に述べている。

この三句は絶筆であるとともに絶唱である。この三句を獲るために子規の俳生涯があったと言ってもいいかもしれぬ。（中略）子規の辞世の句ははっきりした特色を持っている。いちばん無造作で、やんちゃな駄々《だだ》ッ子のような表現で、天真爛漫《らんまん》であり、作為の跡がないのである。

確かに、芭蕉、蕪村の絶唱は少しばかりの余裕と、作為が感じられる。それに比べて、子規の句はぎりぎりの命に切迫感があるのだが、直截的で、己を客観視できていて、己を美化したり、飾ったりする措辞が少しも見られない。河東碧梧桐は『子規言行録』の中で、掲句の成立事情を「絶筆」として詳述しているので長いが引用してみる。

（略）妹君は病人の右側で墨を磨つて居られる。軈て例の畫板に唐紙の貼付けてあるのを妹君が取つて病人に渡されるから、何かこの場合に書けるのであらうと不審しながらも、予はいつも病人の使ひなれた軸も穂も細長い筆に十分墨を含ませて右手へ渡すと、病人は左手で板の左下側を持ち添へ、上は妹君に持たせて、いきなり中央へ

糸瓜咲て

とすら〳〵と書きつけた。併し「咲て」の二字はかすれて少し書きにくさうにあつたのでこゝで墨をついで又た筆を渡すと、こんどは糸瓜咲てより少し下げて

痰のつまりし

まで又た一息に書けた。字がかすれたので又た墨をつぎながら、次は何と出るかと、暗に好奇心に驅られて板面を注視して居ると、同じ位の高さに

佛かな

と書かれたので、予は覺えず胸を刺されるやうに感じた。書き終つて投げるやうに筆を捨てながら、横を向いて咳を二三度つゞけざまにして痰が切れんので如何にも苦しさうに見えた。(以下略)

子規は三句を書きつけたあと、昏睡状態となったのだ。もとより子規は天才であるが、この状況を読むとまさに強靭な意志をもって最後まで俳人を貫いたとも言えよう。

慟哭のすべてを螢草といふ

清水径子

（『夢殻』所収）

「慟哭」と「号泣」の違いは何だろう。広辞苑によれば「慟哭」は「大声をあげてなげき泣くこと」だし、「号泣」も「大声をあげて泣くこと」となっている。つまり同じ意なのだ。「慟」はなげく、ひどく悲しむ。身を震わせて大声で泣く。立心偏に動かすとあるから、心が揺さぶられるほどの悲しみであろう。「哭」は口が二つだが、これは多くの口を意味し、ヒトの死に臨んで犬を「いけにえ」としたので、犬の字が使われる。つまり、人の死に対して、犬が「いけにえ」とされて、多くの口（多くの人間）が大声で泣いている光景や意味を表す。これに対して「号泣」は泣き叫ぶという意味が強く、「号」は叫ぶ、呼ぶという意があり、サウンドとして泣くことがメインである。「泣」はもともとは声を立てずに涙を出して泣く意であり、涙そのものの意もある。「慟哭」はヒトが死んだときなどに身をよじる程の悲しみを伴って声を出して泣くことと私は理解している。これに対して「号泣」は悲しみの理由は何であれ、声を出して泣いていることになる。極端な話だと、疼痛がひどくて泣く場合は「慟哭」ではなくて「号泣」が適切だと思う。

長々と導入部分を述べたが、掲句では、このような深い意味をもつ「慟哭」のすべてが「螢草」に他ならないという意になる。今作者の抱いている、もしくは激しく悲しんでいる「慟哭」のすべては蛍草が受け止めてくれるのだという意になるかもしれぬ。または蛍草は慟哭のメタファーであるとしたところで、作者の深い慟哭は鎮めることはできないという意味かもしれぬ。読者はどう解釈しても構わない。この句の示した「慟哭のすべてが蛍草なのだ」という詩的独断に読者の心が共鳴し、心を鷲摑みされているならば、掲句は成功したと言えよう。

作者は一九一一年東京生まれ。一九四九年「氷海」創刊に参加。その後、「琴座《りらざ》」（永田耕衣主宰）に入会。二〇〇二年に句集『雨の樹』で詩歌文学館賞受賞。他の代表句に〈雲に鳥少しかなしき方《かた》にわれ〉〈倒れたる板間の葱に似て困る〉〈寒卵こつんと他界晴れわたり〉など。

鰯雲人は忌日を綴りゆく

殿村菟絲子

（『二十世紀名句手帖1　愛と死の夜想曲』所収）

鰯雲《いわしぐも》の広がる空を見るとき、夏から秋に季節が変わったという移ろいを知る。「鰯雲」という季語は今まで生きてきた人生をもう一度思い起こさせる。〈鰯雲人に告ぐべきことならず　楸邨〉の句もそういうことだと思う。

さて掲句であるが、中七以下の措辞はなるほどその通りと思わせる。「人間というものは忌日を継ぎ合わせながら生きているものだなあ」という詠嘆にも近い発見であろうか。「毎日が忌日」というサイトがあったはずだが、まさに三六五日誰かの忌日であることは間違いない。たとえば一二月八日はジョン・レノンや、山村暮鳥や、土屋文明や三波伸介の忌日である。すこしさかのぼって一二月四日は私にとっては妻の忌日である。翌日の一二月五日はモーツァルトの忌日であり、クロード・モネの忌日でもある。このように人は忌日を綴りながら生きているのだ。個人に対して重要な忌日もあれば、有名人の忌日もある。忙しい毎日で夢の様に過ぎ去ってゆく一日という時間だが、実は一日として軽んじて過ごすことは許されない。

鰯雲は気象学でいう巻積雲のことであり、上層雲に属し、白雲の小団塊が群集または並列していて、小石を並べているようにも見えるし、鰯が群れているようにも見えるし、鱗《うろこ》が規則的に並んでいるとも見える。掲句はこの雲の配列から、「綴る」という措辞を引き出して、中七のフレーズを生み出したのかもしれない。

作者は一九〇八年東京深川生まれ。一九三八年「馬酔木《あしび》」入会。一九七二年「万蕾」創刊・主宰。一九七八年『晩緑』で第一八回俳人協会賞受賞。他の代表作品は〈あねもねのこの灯を消さばくづほれむ〉〈鮎落ちて美しき世は終りけり〉など。

冬・新年の句

下京や雪つむ上の夜の雨

凡兆

（『猿蓑』所収）

人口に膾炙した凡兆の有名句である。同時に上五が決まらずにいて、芭蕉が「下京や」を提唱したというエピソードもたいへん有名である。雪の降り積もった寒い日で、朝から昼過ぎまでずっと寒かったのであろう。ところが夜更けになって、気温が上がったのか、雪を融かす雨が降ってきた。その音は夜の静寂と相俟って、この景色をよけいに侘しくさせるし、妙に人恋しくさせる景でもある。ほんとうにこの中七以下の描写する景は視覚的な風景画としての美しさを持つのみならず、読者の思い出や、心情や、さみしさを引き出すような大変魅力的な描写である。さらに客観的描写のみならず、やがてその上に雨が降り出すという、この日の時間の経過が巧みに織り込まれている。「下京」は京都の下町であり、芭蕉はこのような場所の設定が、この句には一番よいと考えたのである。季語（雪）を含んだあまりに強烈で完璧なフレーズができたときは、その邪魔をしない、意味を持たない枕詞のような言葉とか、場所や時間の設定などを考慮するのがよいのかもしれない。

下京は当時は商人の町であり、民衆の町であった。冬の雨はかえって雪より寒く感じる。冷たい雨が降る夜にひっそりと暮らしている下京のつましい庶民の息遣いも聞こえてきそうで、結果論から言って、この上五は大成功なのだと私は思う。この句のエピソードで、芭蕉が凡兆に「これ以上の上五があったら、私は俳諧を辞める」とまで言ったと『去来抄』にある。当時のプロ俳人の芭蕉の自信が窺えて興味深い。

野沢凡兆は加賀国金沢の出身と言われ、京都に出て医者となり、そのときに芭蕉に出会った。後に蕉門から離れて、晩年は妻の羽紅とともに、貧しい生活を送ったという。『猿蓑』を去来とともに編集した。他に〈市中はものゝ匂ひや夏の月〉〈灰汁桶の雫やみけりきりぎりす〉〈呼かへす鮒売見えぬあられ哉〉など。

雪はしづかにゆたかにはやし屍室　石田波郷

（『惜命』所収）

「屍室（かばねしつ）」は病院の遺体安置室である。石田波郷が掲句を詠んだ頃は、火葬場あるいは通夜の葬儀場や寺に運ばれるまでに時間がかかるので、遺体を安置する部屋が必要で、翌日まで安置しておくことも多かったと思われる。現在の病院も安置室あるいは霊安室はあるのであるが、お迎えの霊柩車が来るまでに時間がかかる場合と、病理解剖を行う場合にこの部屋に短時間安置させる。掲句の場合は、本人入院中の病床の窓から波郷本人が外の光景を詠んだものである。これに対し、山本健吉は『現代俳句』の中で、掲句は屍室の中に作者が居て、窓の外に降る雪を見て、作句していると鑑賞している。実は私も山本健吉と同じような解釈をしていた。この解釈の違いが何故起きたかは後に述べてみたい（あくまでも推測に過ぎないが…）。

さて、掲句の鑑賞であるが、「しづかにゆたかにはやし」は卓抜した描写だと思う。石田郷子はこの措辞を主観と客観の両方で捉えた本物の写生であると激賞している。私もそう思う。はじめは「ゆたかにはげし」であったらしい。それを「はやし」に推敲したのだ。「はやし」で切れており、死者への哀悼と諦観がこもっているし、詠嘆も含まれている。波郷本人は自句自解で、「屍室」と他の十音節での描写とが乖離していることを気にかけているが、この「屍室」の下五があってこそ、屍室の背景や、窓に灯った明りが見えてきて、はじめて雪がしづかに激しく降る景が浮き上がってくるのだと思う。

私事で恐縮だが、妻が亡くなった夜も激しく雪が降り積もる日で、私は妻の遺体の病理解剖が終わるまでに、安置室で何時間か待たされた。安置室の窓から降る雪をただ茫然と眺めていたのだ。前述した山本健吉も妻である石橋秀野が亡くなった時、死後の数時間をおそらく屍室で秀野の遺体と過ごしたのではあるまいか。だからこそ、波郷の句は屍室に居て詠んだものと解釈してしまったのであろう。

鵯のそれきり啼かず雪の暮

臼田亜浪

（『旅人』所収）

掲句をはじめて認識してノートに書き留めたのは初心のころ熱心に読んでいた『俳句創作百科シリーズ　雪（深谷雄大著）』（飯塚書店）であったと記憶する。雪がしんしんと降り積もる冬の夕暮れの静けさと、寂寞感をここまで見事に描いた作品は他にないのではないかと私は今でも思っている。雪の静かに降る夕暮れに、作者は家の中に籠っている。おりから、鵯《ひよどり》の鋭い一声が鳴り響いた。作者はすぐに「鵯だな…」と呟く。そのあとも静寂は続き、作者は待つとはなしに、鵯が当然、続けて二声、三声鳴きだすのに耳を欹《そばだ》てていた。ところが、その後はもう二度と鳴くことはなかった。雪の日は静かに、淋しく暮れてゆくばかりである。鵯の一声、そしてその後待っていたにも関わらず続く静寂によって、雪の日暮れの暗い寂寥感が重たく重たくかぶさってくる感覚がする。掲句は実は作者四二歳の句で、厚木市中津川吟行で詠んだ作品なのだ。私は作者が孤独の中で、一人で自宅に居て、鵯を聴いたのだと想像していたが…。掲句について加藤哲也著『臼田亜浪の光彩』（東京四季出版、二〇一五年）という本で、西垣脩の解説文が引用されているので、少し長くなるがそれを引く。

神奈川県の中津川のほとりに、この句碑が立つたのは句の成つた時より八年目の昭和三年であつたが、序幕の日春雨の降る中に、数羽の鴨が鳴きわたつたそうである。「もしあのとき鴨が二声、三声と鳴いたら、この句は出来なかつたかもしれない」と先生も笑つて云はれた。そんなものかも知れない。先生の文章によると、この句の出来た当時のその座には相当数の句作者がゐて、その鋭い叫びをともに耳にしたらしいのである。そして「鴨でしよう、多分…」など生返事をしたといふ。鑑賞の上では先生がひとりで居られたととりたい所だが、事実先生ひとりきりと同じことであつた。この契機と消息が私には大変おもしろいと思はれる。くらくなつてゆく雪景、雪がはらはら散つたあとはしづけさの底に沈んでゆくばかりの視界に引き込まれ、鴨の一声にすがつた孤独の実感が一句に籠つてゐる。

という見事な文章である。作者は盟友大須賀乙字とともに「石楠」を創刊し、その乙字がこの句をなすわずか九日前に亡くなっている。その寂寥感がこの句の背景に横溢していると思わざるを得ないのだ。

臼田亜浪は一八七九年長野県小諸町生まれ。一九一五年乙字とともに「石楠」を創刊。深い感動に基づく俳句を「まこと」と表現して、「まことの俳句」の実践を求めた。その他の作品に〈かつこうや何処までゆかば人に逢はむ〉〈淡雪や妻がゐぬ日の蒸し鰈〉など。

たましひの繭となるまで吹雪きけり

齋藤 玄

（『雁道』所収）

初心のころから愛誦していた句。ただし鑑賞するとなると、魂という目に見えないもの、形而上的なものを詠んでいるので一筋縄ではいかないようだ。鑑賞には難しいけれども、心の中ではしっくりくるのは何故だろうといつも思う。それは私たち最北の雪国に住んでいる者でないとわからないような感覚を掲句が詠んでいるから。雪が逆に皮膚感覚として温かく感じることが北海道では多々ある。この句は吹雪に取り巻かれたような景の句なのだが、忘れかけた胎内感覚のような、温かい感覚が呼び覚まされるのだ。魂という心の奥底にある、生命の温みのような、心の火種のようなものが、真っ白い吹雪に取り巻かれることによって、繭のような状態になる。つまり美しくあたたかい絹糸で包まれたような感覚だ。このような感覚を作者はビビッドに表白したのだと思う。実際、雪国の人が雪で「かまくら」をつくるのは、雪というものがこころのシェルター（繭）になるような感覚なのではなかろうか。私も子供のころ、両親にかまくらを作ってもらって、中に入っていると妙に心温かく、癒される気持ちになったものだ。繭の中に居るということは、いつしか羽化することを待っているはずだ。作者は重い病に侵されながら、いつしか羽化する日を夢見て掲句を詠んだのかもしれぬ。

作者は一九一四年、北海道函館生まれ。西東三鬼に師事し、一九四〇年「壺」創刊。その後二回の休刊後に、一九七三年「壺」二度目の復刊。大腸がんと闘いながら詠んだ『雁道』で第一四回蛇笏賞受賞。

眼底をよぎる人あり冬花火

柿本多映

（『柿本多映句集』所収）

「冬花火」となると夏や秋の花火と違って、色彩鮮やかというわけではない。寒々とした光景の中の花火で、美しさというより、はかなさが前面に出るし、北海道のように雪の白一色の景色の中ではたとえ色がついていても浮き立つことはなく、むしろ「音」と「煙」が主体であり、何かの祭り（たとえば雪まつりなど）のはじめと終わりの号砲の役目にしかなり得ない。私の冬花火のイメージはどうしても祭りの終わりで、始まった直後から終末観が漂う光景だ。極寒の中での火花はなおさら、寒々と感じられる。夏の蛍火と同じように、「冷たく燃え盛る火」のメタファーとして用いることも多い。

さて掲句であるが、作者は冬の季節外れの花火を見た後に、眼を閉じたのであろうか。眼裏にはまだ、青白い光と音がよぎっている。それはこれまで生きて来て、逢い別れた人たちの面影が、次から次へと花火のスピードで眼底をよぎってゆく姿と同調するかのようだ。真冬に放たれては一瞬に天空にはかなく消えてゆく冬花火はまさに、この世に出会っては別れる人々の運命を眼底に感じさせる。それは無常観を覚えるほどの時間的余裕もなく、ただ消え去るのみのスピードなのだ。私は掲句を読んで、生まれては死ぬ人間の一生を一瞬にして「冬花火」とメタファーしているような気がして、むしろすがすがしく感じている。つまり無常観や、去り行く淋しさなどは知らないまま、人の一生は冬花火のように一瞬にして無くなってしまうというのだ。この感覚は読者によっては違うかもしれない、それぞれの読者がそれぞれの感じ方をすれば良いと思う。

作者は滋賀県大津市生まれ。一九七七年赤尾兜子の「渦」入会。兜子没後は、橋閒石、桂信子に師事。一九八八年現代俳句協会賞。二〇一四年詩歌文学館賞。他の作品に〈天才に少し離れて花見かな〉〈辻があり輓馬と螢入れかはる〉〈居ながらに骨は減りつつ新牛蒡〉〈ゆくゆくは凭れてみたし霜柱〉など。

くらがりに歳月を負ふ冬帽子

石原八束

（『空の渚』所収）

二つの読みができるかと思う。玄関脇あたりにある、帽子掛けに掛けてある冬帽子で、すでにその愛用者は亡く、くらがりのたたずまいに歳月だけを見ている場合。もう一つが、くらがりに老紳士が立っていて、冬帽子を目深にかぶり、その顔は見えない。オーバーの襟を立てた男の背中は歳月を負うかのように影を長く曳いている場合。後者の場合は自画像ともとれる。いずれにしても、その冬帽子の持ち主は歳月を重ねてきていることと、その冬帽子が「くらがり」に存在していること。この二つだけは確かである。掲句は「歳月」というすこし観念的なものを、「冬帽子」という「モノ」に負わせることで成功したと思う。これを人間そのものに負わせると「歳月の重み」が前面に出て、観念的で、説教臭い人生訓のような読みになるのだ。「心の中にある観念的な、抽象的なもの＝内観」を「冬帽子」という季語で「造形」する。作者の生前からの「内観造形論」をまさに結実させている佳品である。

餅焼くやちちははの闇そこにあり

森澄雄

（『花眼』所収）

一読、こころに残って、俳句ノートに書き記した覚えがある。ただ鑑賞しようとすると意外に難しさがある句だ。作り方から言うと「取り合わせ」の句であり、しかも「二物衝撃」に近い想定外の取り合わせ「曲輪《くるわ》の外の取り合わせ」だと思う。ところが一読、季語の「餅焼く」がストンと心に落ちて、季語が利いていると思った。

中七以下のフレーズを考えてみる。すでに亡くなっている父、母であろう。いや直近の父母だけでなく、祖父母、曾祖父母というふうに長く横たわる血脈、血縁というものも感じる。どんな家庭も家系も、明るい「晴《はれ》」の出来事だけではなく、必ず暗い闇がある。「褻《け》」の出来事といってよいかもしれぬ。いや暗い闇が存在しない家庭など皆無だろう。

さて「餅」の語源であるが、「糯飯《もちいい》」（粘りのある飯）、あるいは「持飯《もちいい》」（持ち運びしやすい保存可能な飯）、望月の意の望《もち》（円いという意）などの諸説がある。いずれにしても稲作文化とともに東南アジアから伝わったものである。もともと「餅」は「晴（はれ）」の日の食べ物であり、年中行事の節会《せちえ》の折に用いられた。つまり「餅を焼く行為」そのものが、「晴（はれ）」の行為なのだ。そこに

「闇」という「甕」のものを取り合わせたので、これらのフレーズが響き合っているのだ。

作者は餅を焼くことで、亡き父母を思い出し、自分の幼少時のころを思い出して、「けっして明るいことばかりではない」と回顧しているのだろう。自分という存在がどこからきて、どこへ行くのか。「餅を焼く」ことで自己の存在の闇に思い至ったかもしれない。

さむきひとりさらに一人の刻長く

山崎　聰

（「俳句αあるふぁ」151号所収）

実体のある言葉、具象性のある言葉を使わずに、「寒し」の季語だけで永遠の孤独をテーマに詠んだ句として理解した。

「さむきひとり」のあとで切れがある。まず寒い、心理的に心細い、きびしい、貧しい、そんなふうな一人の人間を提出している。それは作者自身かもしれないし、現代の人間を一般化して表現したのかもしれない。さらに、未来永劫にひとりが続くかのように、掲句は「刻長く」にて座五を止めている。思えば人間は生まれたときも一人で、死んでゆくときも一人である。さらに言うと生まれる前も一人で、死後も未来永劫一人と言ってよいかもしれない。人間という生物が一人じゃない、独りぼっちではないときは、この世に生を得たわずか一〇〇年間であり、未生の間の数億年の時間、死後の永遠の時間は「さむきひとり」なのかもしれないと思ってしまう。そういう意味では宇宙的なタイムスパンで、個体の生命の一回性というものを冷徹に詠んだ句と私は思う。

作者は一九三一年生まれ。一九九八年「響焰」主宰継承。他の代表句に〈東京のおおかたは地下巴里祭〉〈男らに壺中はさびし天の川〉〈しんがりに始祖鳥のいる冬の景〉ほか。

馬の目に雪ふり湾をひたぬらす　佐藤鬼房

（『海溝』所収）

「馬」という動物はやはり、悲しみを背負った動物と感じる。かつては農耕馬として多く飼われていたし、日本人の生活に密着した動物だった。いまは競走馬としてのサラブレッドくらいしか現代人にとって馴染みがないのだ。私が幼い頃はまだ周囲に多くの馬が飼われていて、私は馬が大好きだったようだ。父にせがんで、毎日馬の居るところまで連れていってもらい、見物したり、馬を触らせてもらったりしていたそうだ。

さて掲句、まず真っ黒な馬の目がクローズアップされる。その黒い目に真っ白い雪片が降り込んでゆく。そして馬の目の眦《まなじり》の曲線は、一挙に「湾」へとスケールアップして、今度は「一湾」を白く塗りつぶすような雪がひっきりなしに降り込んでゆく景色が現出される。中七から下五にかけての「湾をひたぬらす」のフレーズは何とも言えず、豪快で、切なくて、詩的な表現である。「馬の目に雪ふり」までは常人でも詠めるかもしれないが、「湾をひたぬらす」はあまりに非凡な措辞だと思う。馬がいて、そこに雪が降っている景に出くわすたびにこの句を思い出すし、しまいには馬を見ただけで、この句を思い出してしまうのだ。

足袋の裏汚れずにゐることは死か　安東次男

（『裏山』所収）

「足袋」は足の形に作った袋状の履物で、親指と他の指が分かれる形とし、合わせ目を爪形の小鉤《こはぜ》で留める。革製は鎌倉時代末に作られ、木綿製は一六四三年頃に作られ始めた。季節感としてはやはり防寒用である。

さて掲句であるが、足袋の裏の汚れに言及しているわけであるから、やはり「白足袋」を詠んでいるのであろう。現代人が白足袋を履くときはどんな状況であろうか。結婚式で和服を着るとき、袴に合わせる靴下として、神主さん、神社の宮司さん、お寺の住職、巫女さん、お坊さん、舞台稽古、能楽師、歌舞伎役者、時代劇の衣装、相撲の行司などであろうか。いずれにしても礼装である。そんな礼装で履く「白足袋の裏」がまったく汚れない状況といえば、どうであろうか。つまり履くとは履いても歩かないか、はじめから履かないか。どちらかであろう。歩く必要がなくなったときなのではないか。そういう意味で、作者は足袋の裏が汚れずに居ることは、死んだことに他ならないのだと詠んでいるのだ。この句の「ゐる」は、せっかく足袋を履いているのだが、汚すことすらできないという意味になるのだ。道具というのは、本来人間が使用することでその目的は果たされる。使用されなければその存在価値はなく、不要＝死ということになるのであろう。掲句をどのような状況で作者が詠んだかはわからないが、自分が何らかの状況で歩けなくなり、動けなくなって、足袋の裏すらも汚せなくなってしまった。そんな状況に陥ってしまえば、それは死に等しいということを自嘲的に詠んだかもしれない。死というものを単純に即物的に詠んでいて、ある意味、本質を衝いた句でもある。また人間の命という最も重大なものを、「足袋の裏の汚れ」だけで表現したことは、虚を衝いた表現とも言えるだろう。

作者は一九一九年岡山県津山市生まれ。一九四一年に加藤楸邨に入門。戦後は詩人として活躍。一九九七年句集『流』で第一二回詩歌文学館賞受賞。俳句は古典趣味で、作風は孤心を追求して典雅にして知的である。他の代表句として〈鯛といふ名の裏山をいつも持つ〉〈なかぞらのものともならず烏瓜〉〈てつせんのほか蔓ものを愛さずに〉など。

後ろより死は覗くらむ根深汁

河原枇杷男

（『河原枇杷男全句集』所収）

寒い冬の夜、すこし風邪気味で体調が思わしくないとき、根深汁《ねぶかじる》を作ってお椀にいれて啜る。葱の成分は解熱、発汗を促すので風邪の多い冬に好まれる。成分を大事にするには、煮干しでだしをとって、味噌汁にして、火を止める間際に葱を入れる。当然葱の香りに包まれる。一人で汁物をお椀で食するとき、そのお椀の底に映る自分の疲れた顔にびっくりすることがある。掲句は根深汁に映る自分の顔を見たときに、あたかも死神がうしろから根深汁を覗いているように感じたのではないだろうか。作者ならずとも私はうしろから誰かが覗いている感覚に捉われることがある。たいていはどこか健康状態に不安があるときかもしれない。「らむ」は現在の推量の助動詞で、「根深汁を覗いている自分の後ろからおそらく今、死は覗くだろう」という意味になる。確かに「死」というものは決して正面からはやってこない。もし正面からやってくれば我々は自分で死期を確認できるはずだ。「根深汁」の季語が絶妙に利いていると思う。

煖炉灼く夫よタンゴを踊らうか

三橋鷹女

（『向日葵』所収）

一読、口誦性があり、印象的な句である。作者には〈老いながら椿となつて踊りけり〉という有名な句があるが、掲句との繋がりも感じる。鷹女の作風には女の情念や、晩年は老いや死の追求があった。掲句は「新しい老いの句」の一つの表現型のような気がしている。

老夫婦が平和に暮らしている。暖炉を焚いた冬の一室で、二人は静かに語り合っていたかもしれぬ。そこで突然、鷹女は何かに憑かれたように、年老いた夫に「タンゴを踊りましょう」とせがむのである。タンゴは勿論、アルゼンチンのブエノスアイレス発祥の、ヨーロッパ系とアフリカ系の音楽が混ざり合ったダンス音楽。相手の両脚に脚を入れるなど性的な動きで、およそ老夫婦が踊るには似つかわしくないリズムと激しさを持つ踊りなのだ。ところが掲句を読むとさらに次の連想が湧く。はじめは嫌がっていた夫はすくっと立ち上がって、妻とともに突然きびきびとタンゴを踊り始めるのである。その老人二人はタンゴを踊り狂う地獄に墜ちるのである。鷹女には『羊歯地獄』という句集があるが、三橋鷹女宅の庭には実際に羊歯が繁茂しており、その羊歯は何と夫の採集物だったらしい。何か掲句のように少しばかりの狂気と少しの謎を帯びた老後というのもスリルがあっていいのかなと思う。もちろん認知症とは全く違うものである。

冬虹のいま身に叶ふ淡さかな

飯島晴子

（『寒晴』所収）

「冬の虹」は冬の雨上がりや、ひと時雨あったあとに、おもいがけずにかかる虹で、夏の虹のように鮮明ではないが、淡い日差しにかかっては消えるさまは儚くて美しい。掲句はその写生句というより、高齢にさしかかってきた作者の境涯もにじみ出た作品といえるだろう。思わず冬に見た虹はあたかも自らの身のように、淡く儚く見えたのであろう。この句の「叶ふ」が解釈に重奏性をもたらす。「適ふ」であれば適合するとか、ちょうどよくあうという意味であるが、「叶ふ」は望みどおりになる、許されて思い通りになる、と言った意味が強い。つまり儚く、美しい「冬の虹」は自ら望んでいたかのような淡さで架かっているということになる。年齢を重ねてゆき、淡く、儚くなってゆくのは年齢に適合したのではなく、自ら望んでそうなってゆくのだという作者の矜持が隠されているのではなかろうか。つまり「受動的な老い」ではなく、「自ら望んで手に入れた老い」なのである。「老い」というものに対する作者特有の詩的把握なのではないか。老いてしまったこと、その身が淡くなってしまったことへの「嘆き節」では決してないのだ。作者の「老い」を詠んだほかの句でも〈螢の夜老い放題に老いんとす〉〈白髪の乾く早さよ小鳥来る〉〈竹馬に乗つて行かうかこの先は〉などどちらかというと前向きな句が多い。

死にたれば人来て大根煮《た》きはじむ　下村槐太

（『天涯』所収）

昭和三〇年代生まれの私としては大変よくわかる、イメージがつかめる句であるが、平成生まれの若者にはシュールな景としてしか捉えられないのではないだろうか。なぜなら、平成生まれの諸君にとっては昭和の時代の近所づきあい、町内会など集落共同体がどんなものであるかのイメージがつかめないはずだから。われわれが幼少のころ、いや青年期まで近隣で死者が出ると、早速近所の主婦たちが葬儀の手伝い衆や裏方として死者の家もしくは寺などに集まった。その台所にも集まっててきぱきと役目や段取りを決めて、親類縁者に出す大根などの煮炊きをはじめるのだ。そのような主婦や裏方がいないと葬儀が成り立たないのである。この作品はこのような共同体における死をリアルに、しかもなんの粉飾もなく描いた傑作といえよう。作者が敬仰した山口誓子の非情即物の表現が再現されているとも言える。

彼はほかに〈女人咳きわれ咳きつれてゆかりなし〉や〈心中に師なく弟子なくかすみけり〉といった透徹した人事句の傑作を多く残している。

雪催ふ琴になる木となれぬ木と

神尾久美子

（『桐の木』所収）

楽器の琴になるのは桐の木。琴の材料になりうる良質な桐の木だけが、伐採されて美しい音色をもつ楽器として生まれ変わる。瑞々しい柔らかな気品あふれる木々とその背景にある今にも雪が降りだしそうな空の取り合わせとして私は理解している。雪催の空の下、歩いていると冬木立が見えたのだろう。琴の材料になれない木は伐採されずに木としての運命を全うできるのである。作者はいったいどちらが倖せで、どちらになりたいと思ったのであろうか。自然詠、風景詠として、もちろん写生の目も利いている。「琴」の暗喩（メタファー）がこの世のすべてを言い表しているようにも思う。つまり「野球選手になれる人となれぬ人」「詩人になれる人となれぬ人」「親になれる人となれぬ人」「幸福になれる人となれぬ人」。掲句は単なる幻想的な美しい自然描写にとどまらず、人間の境涯をも思わせる奥行きをもつ。いろいろ考えさせられる句であるが、作者がとびきり上質の「琴になれる木」であることだけは確かだ。テクニカルにも中七以下の対句的なフレーズは他の追随を許さない完成度を持つ。〈桐の木はいつもいつぽん雪降りだす〉〈桐の花高きは神楽すみし村〉〈けぶるまで桐の花見て逢ひがたし〉など桐を詠んだ名句が多い。

一九二三年福岡県刈田町生まれ。飯田龍太に師事し、一九九七年から「椎の実」主宰。

生きものに眠るあはれや龍の玉

岡本眸

（『矢文』所収）

一読、不思議な感動につつまれた。たしかにすべての動物には睡眠が必要だ。難しい言葉はひとつも使用していないが、このことに言及した俳句はなかったのではないか。あたかも神の目線での慈愛に満ちた詠みかたと、「龍の玉」の動かしようのない的確さがこの句を名句へと昇格させている。

動物は休息のために睡眠時間が絶対必要で、成人では八時間、高齢者で五・五時間、幼児では一六時間と言われる。一般に草食動物は外敵から身を守るためか、睡眠時間が短く、キリンは一日の睡眠時間がわずか二時間、対照的にライオンが一五時間である。蝙蝠のように二〇時間眠っている動物もいる。犬、猫はともに一三時間である。犬は八〇％以上がノンレム睡眠と言って脳は休んでいるが体が起きて、外界に注意を払っている。いつも気を使って寝ているのである。我が家の犬は私が近づくとすぐに飛び起きるが、それはそのためである。人間をふくめて動物たちの睡眠時間は生きてゆくためのけなげな営為なのだ。「眠るあはれ」は「生きるあはれ」と表裏一体である。

作者は東京生まれ。職場句会から入門し、富安風生に師事。「俳句は日記」を信条に、日常生活をこまやかに詠んだ句が多いが、日常の中から詩を掬い上げることが特徴。処女句集『朝』で俳人協会賞。一九八〇年「朝」創刊・主宰。二〇〇七年（第四一回）蛇笏賞受賞。

冬蜂の死にどころなく歩きけり　　村上鬼城

（『鬼城句集』所収）

誰でも一度は目にした句ではないだろうか。鬼城は師である虚子よりも年上で、耳疾を患い、悪化して司法官への志を断念。高崎に移り生涯を暮らした。貧困、病、障害者など弱者やしいたげられたものに寄せる愛情と庶民的情感は、しばしば一茶に比せられる。まさに明治の一茶と言っていいかもしれない。掲句も〈春寒やぶつかり歩く盲犬〉とともに鬼城の代表句とされている。もう飛ぶ力もなく、地上なり、縁側なりをよろよろと歩いている冬蜂をゆるがない写生で表現している。「死にどころなく」は作者の感情移入であろうが、まさに「生きているからただ歩いている」だけなのだ。寒さに耐えきれずそのうち死ぬのは分かっているのだが、ただ生きていることだけで、冬蜂は歩いているのだ。「歩きけり」は一見非情な言い切りのように読めるが、作者の深い心情が込められていると思う。もし冬蜂の状態や動作だけを非情に描写するのであれば「歩きゐる」「歩きたる」でもいいはずだ。山本健吉は鬼城の生物への愛情にはどこまでも自己憐憫の影がつきまとい、世界が小乗的で、狭く、もどかしさを感じると言及しているが、私はそうは思わない。鬼城の句の世界は、なにかしらハンディキャップを抱えたり、劣等感や敗北や挫折を一度でも味わった人間なら十分に共感できるはずだ。

死病得て爪うつくしき火桶かな

飯田蛇笏

（『山廬集』所収）

　掲句の死病は時代背景から言って結核であろう。さしずめ現代であれば末期がんと同格である。私は皮膚科医であるので爪は専門分野であるのだが、「白色爪」といって真っ白に透き通るような爪は不健康ではあるが、たしかに美しい。普通は貧血、低たんぱく血症など栄養状態が悪いと発症する。「爪うつくしき」の措辞で、薄幸な美人の繊細な指先や所作までが想像される。その下に火桶の炭の火が青白く見えるようである。白い指と火桶の対比が詩的にも美しい（ただの写生かもしれないが）。短編小説の一コマのような句であるが、この句には実際のモデルの女性がいたようで、自註の中で「対象の人物は、この作品が詠まれて間もなく亡くなった。世に佳人薄命という、その通りであった。上流の穏かな家庭が心にあって詠んだ…」とある。

　この句は、芥川龍之介の俳句開眼を促した作品としても有名で、芥川も〈痩咳の頰美しや冬帽子〉の句を残している。この句が仲立ちとなって蛇笏と龍之介の書信による接触が始まったのであるが、両者は生涯出逢う機会がなかった。

日の鷹がとぶ骨片となるまで飛ぶ

寺田京子

（『日の鷹』所収）

この句を初めて読んだときに、私は宮沢賢治の『よだかの星』を思い出した。もちろんこの作品を知らなくてもイメージは結ぶことができる。太陽に向かって、一心不乱に鷹が飛んでいる。どこまでも羽を打ちふるわせて、太陽に少しでも近づこうとして飛び続ける。途中で力尽きるのであろうが、太陽まで届き、その肉体が焼き尽くされ、あたかも骨片だけになったとしても尚、鷹は太陽に向かって飛び続けるのである。肺結核に伴う慢性呼吸不全が宿痾である作者にとっては、骨片になるまで必死に羽ばたく鷹の姿は自己を投影したものと推察される。

一九二五年生まれ。戦後札幌でシナリオライターとして活躍。俳句は「水輪」「壺」同人を経て、一九五〇年から加藤楸邨に師事。「寒雷」「杉」同人。第一五回現代俳句協会賞受賞。五一歳で病没。〈木枯やねむりの中に生理くる〉〈鷲の巣や東西南北さびしきか〉〈ばら剪つてすでに短命にはあらず〉〈樹氷林男追うには呼吸足りぬ〉〈一生の嘘とまことと雪ふる木〉〈雪だるま泣きぬにわかの月あかり〉などが代表句。

降る雪や明治は遠くなりにけり

中村草田男

（『長子』所収）

およそ俳人と言われる以上は、一度は掲句について触れねばならないであろう。そんなおかしな責任感みたいなものがあって希代の有名句を取り上げた。

読者の世代によって、この句への想いや、受け止め方は変わってくるに違いない。時代を振り返る時、経時的につながっている一つ前の時代についてであればあまり意味がないように思われる。一つの時代を間に挟んでこその「遠くなりにけり」の実感・詠嘆なのだろうと思う。私のような昭和生まれのど真ん中世代は当然大正という時代を挟んでいるので、一番思い入れがある句なのだと思う。昭和、大正と二代を挟んでいる平成生まれの世代からは、「そりゃそうでしょう」と言われても致し方ない。平成から令和、さらに次の時代になれば、三代以上を挟むことになり「なんだこりゃ」と言われかねない内容である。作者がしきりに雪の降る中に佇むと、あたかも時間のシャワーを浴びているかのように、今という観念がなくなって、明治の頃を思ってしまった。現実に戻ると明治は遠い過去のことになってしまったなあとつくづくと詠嘆するのである。

掲句は草田男三一歳の時の句であり、自句自解もある。歳末のある日に四、五年生を過ごした東京青山の青南小学校を二〇年ぶりに訪れた。建物も街並みも不変で、ここだけは時間が凍結したように感じた。折から大きな雪が降り始めて、突然四、五人の金釦《ボタン》・黒外套《くろがいとう》の小学生が校庭に走り出てきた。その姿が二〇年間の歳月の経過を明確に意識させたという。うかつにも草田男は校門から昔のままの黒絣の着物を着た明治時代の子供が現れるものだと信じていたのである。俳句で詠むのが困難と言われている「時間の流れ」を詠み、単なる詠嘆に終わっていない。やはり上五の「降る雪や」の感動が何よりビビッドなので、全ての回想、追憶をやさしく包み込んでいる感覚がする。雪というのは一切の追憶も、哀愁も、悔恨もすべてを美しく導いて包み込む作用があるようだ。当初は万葉集の歌などを想定して「降る雪に」を考えたそうであるが、それでは眼前に降りしきる雪を捉えられても、このタイミングで降り出した雪への感動は定着しない。「降る雪や」の強い詠嘆を得てはじめて、その感動が形をなしたと言えよう。有名な話であるが、「や、けり」や「や、かな」の二つの切れ字の重複は俳句では御法度であるが、掲句の場合はよしとされているのには二つの理由がある。山本健吉の考察によれば、一つは「や」が「雪」「明治」という二つの名詞に挟まれてなかば接続詞的な役割を持ち、そのまま一本調子の詠嘆として通っているから。もう一つが「明治は」の助詞「は」である。「は」は「抱字（かかえじ）」と呼ばれて、「置くことを避けるべき二語の間に他の語を挟んでまとめる作用のある字」とされ、この場合の感動の焦点が分散するのを防ぐ作用があるとのこと。同じような使用例に〈胸の手や暁方は夏過ぎにけり　波郷〉がある。

白暝の自伝の荒野雪が降る

深谷雄大

（『白暝』所収）

掲句の鑑賞には、やはり「白暝」という言葉の解釈が必要になろう。広辞苑にはない。はっきりと作者に質問したことはないが、おそらくは作者の造語であると思われる。それぞれの文字の意味を類推すると自ずと解釈が可能だ。「暝」は暝目（目を閉ざす）という言葉からわかるように「くらい、かすか」あるいは「くれ、日ぐれ、または夜」という意味がある。「白暝」であるから、「白くて、しかも暗い状況」が予測される。下五の「雪が降る」から類推すると、雪が降り続いている暁闇、あるいは夕暮れの「しらじらとして暗い」状況であろう。この句のもう一つの魅力が「自伝の荒野」という措辞だ。自ら書いた自叙伝はまさに「白暝の荒野」に他ならないと表白している。その自叙伝の中のしらじらとした暗い荒野に自らが今も立ち尽くして、過去も未来も雪が降り続いているのである。石原八束は『俳句の作り方』という著書で掲句をとりあげ、「白暝はしらじらとした空白な暗さをいい、自らの境涯の荒野を省みる作者の沈痛な声と受けとっていい。それが坐五の雪が降ると照応する詩品の飛翔には目を瞠らせるものがあるではないか」という鑑賞文を書いている。私は掲句を厳しい自然環境（激しく雪が降っている）のさ中で自らの境涯を諷詠した一物仕立ての句として理解したのだが、八束は二物衝撃の句として鑑賞しているように思う。

私は一度、作者と東京を旅したことがある。帰りの飛行機の中で、掲句の「自伝の荒野」は寺山修司の未完歌集『テーブルの上の荒野』に影響を受けたと言っていた。幻想的でもあり、ダイナミックでもあり、寺山の影響からか劇的（ドラマチック）でもある。「雪の雄大」の絶唱とも言える力強い作品だ。

作者は「雪華」元主宰。一九三四年、旧朝鮮会寧邑生まれ。他に〈海の雪吹きあげて聳《た》つ利尻岳〉、〈細氷現象《ダイヤモンドダスト》氷野の夜に仰ぐ〉〈吉曜の扉《とぼそ》を開く今朝の秋〉など。

死後も目はある筈雪をみてゐたり

永田耕一郎

（『遙か』所収）

降る雪を眺める。じーっと長い時間見つめるといつしか無心になる瞬間がある。つまり無意識というものか。作者はあるとき、そんな瞬間が確かにあることに自ら気がついたのだ。そして死後の自分に思いを馳せる。「そうかこの無心で雪を見ている時間が永遠に継続することが死ぬということなのだ」と。科学的証明はもちろんできないが、それは私にも確かなものに思える。作者が掲句で言うように、死後も必ず雪を見ている目があるはずである。雪の降った後を死後とみなして作句することは過去の作品にもあったはず。たとえば〈死後初の雪見はじまる縁の家　攝津幸彦〉など。

永田耕一郎は一九一八年生まれ。北海道遠別町助役を務めた。一九四七年加藤楸邨に師事し、一九八〇年「梓」を創刊・主宰、一九九八年終刊。現代のリアルを野太い抒情で描いた魅力ある作家だった。〈一本の棒ぞ旱に佇ちつくす〉〈海霧のあと山きて坐る大暑かな〉〈死は傍にゐて甚平を着てをりぬ〉など佳品を残している。

雪櫟夜の奈落に妻子ねて

森　澄雄

（『雪櫟』所収）

句集『雪櫟《ゆきくぬぎ》』の自序に掲げられた句である。櫟はブナ科の落葉高木。山野に自生し、特に武蔵野の雑木林の主要樹種である。この櫟に雪をかぶった景を「雪櫟」としたと思われる。澄雄はあとがきで、「書名『雪櫟』はいま僕が住んでゐる武蔵野の一隅、北大泉の茅屋から眺められる四囲の風景からとつた。六畳一間の、しかも板間の小家に親子五人の生活を送つてゐる。これは貧しく、人口過剰の日本の現状さながらではないか、と僕は自ら苦笑する」と述べている。

雪をかぶった櫟林の見える小さな家で息をひそめて暮らしている作者は、六畳一間を「夜の奈落」と表現して、そこに妻子そして自らも起居していることを詠んでいる。寒々とした櫟に雪が被った景色と重ね合わせて、戦後の貧しく暗い日本の庶民の生活が象徴的に表現されている。奈落という表現が静かで、貧しくはあるが、決して陰湿に響かない。これは「雪櫟」という措辞が関与していると思う。『雪櫟』を刊行した一九五四年は社会性俳句全盛の時代であったが、澄雄はそれを黙殺して自らの生活に執した、つましい生活の句を詠んだのである。

棺のうち吹雪いているのかもしれぬ　折笠美秋

（『虎嘯記』所収）

筋萎縮性側索硬化症（ALS：amyotrophic lateral sclelosis の略）で早世した俳人の句。生きていながらにして、すでに死後の風景を冷徹に詠んでいる。語弊があるかもしれないが、それは不治の病に侵されたものだけの特権なのかもしれない。つまり詠んだもの一句一句が遺書として遺る。息絶えて棺の中で永遠の眠りについたとき、彼岸は吹雪なのかもしれないと直感したのだろう。寒々としたものではなく、むしろ白い羽毛に取り巻かれたような感覚かもしれぬ。私は富良野への道中で車が地吹雪で雪に埋まって立ち往生したとき、付近の人家へたどり着くまでにこのような感覚に襲われたことがある。このまま眠ってしまえば気持ちいいだろうなと思えるものが吹雪には確かにある。

折笠美秋《おりがさびしゅう》は一九三四年、横須賀市生まれ。高柳重信に師事し、「俳句評論」創刊同人。最も将来を嘱望されていた俳人の一人であった。俳句は新しい言語空間の自立を目的とするもので、詩的現実はそこにしか存在しないという明確な俳句観をもち、不幸にもALSを発症してからは絶望的な悲しみの中で、全身不随のなかから、強い自己抑制と迸る愛と哀しみの絶唱が晩年の句に結実している。〈微笑《ほほえみ》が妻の慟哭　雪しんしん〉〈春暁や足で涙のぬぐえざる〉〈ひかり野へ君なら蝶に乗れるだろう〉〈夢夢《ぼうぼう》と湯舟も北へゆく舟か〉〈俳句おもう以外は死者か　われすでに〉など代表句がある。

死なせては飼ふ熱帯魚冬銀河

遠山陽子

（『高きに登る』所収）

　およそペットを飼い続けている方ならうなずける作品かもしれない。私は現在老犬を飼っている。過去に猫も飼っていたが、数年間熱帯魚も飼っていた。水替え、水質管理、水温調節など手間暇がかかるのであるが、それなりに楽しめるし、なにより美しい。グッピー、エンゼルフィッシュ、ネオンテトラなど。私が飼ったのは主に美しくて比較的飼いやすいネオンテトラを中心に、ブラックネオンテトラ、オトキンクルス、トランスルーセントなどなど。その中でブルーのネオン色に光る小ぶりのネオンテトラは美しい上に丈夫で廉価でありお勧めである。それでも、仕事で出張が続き、何日間か水替えなどが遅れると何匹かが死んでしまう。群れで泳いでこそ美しいのでそのたびにこりずに買い足す。犬や猫もその死までのサイクルが長いだけで、結果的には熱帯魚と同じ。いつかは死と対面するのだ。それが嫌ならば飼うのをやめれば良い。中七までの措辞は生きていれば対面しなければならない「死というイベント」を少しニヒルに率直に表現している。単に「死ねば飼ふ」のではなくて、「死なせては飼ふ」のである。季語の「冬銀河」への飛ばし方が唐突であるだとか、飛びすぎだとか意見が分かれるところであるが、生死やはるかなるものに思いを馳せた時に「冬銀河」に託すことは決して飛びすぎとは思わない。「天の川」でなく「冬銀河」を選択したのは、より清冽な感覚を詠みたかったのだと推察する。

「二物衝撃＝取り合わせ」として読み手は捉えればよい。熱帯魚があるから「季重なり」などと、詩人ならば無粋なことは言うべきではない。

作者は「馬酔木」「鶴」を経て、藤田湘子の「鷹」創刊に参加。その後三橋敏雄を生涯の師とした。大作『評伝三橋敏雄――したたかなダンディズム』（沖積舎）を著作に持つ。ほかに〈ピン一本蝶の背に刺し熟睡す〉〈大年の海原叩け鯨の尾〉など、句柄も大きくしかも感覚的な佳品がある。第三三回現代俳句協会賞を受賞。

父の死や布団の下にはした銭

細谷源二

（『砂金帯』所収）

ワーキングプアや若年層の貧困が叫ばれる現在だが、この句を若者が読んでも今一つピンと来ないかもしれない。現代の高齢者は若者から見たら年金もそこそこ入り、決して貧困に見えないであろう。しかしこの句が詠まれた戦後間もないころはどうであろうか。今のように高齢者には潤沢な年金などはなく、高齢者福祉も行き届いていない。掲句の父は長患いであろうか。布団に寝たきりだった父が、死んだ。長い間敷かれていた布団をあげてみると、「はした銭」が隠されていたのだ。大した金額ではない、はした銭である。いかにも息子として醒めた、突き放した詠みをしているが、おそらく作者は号泣したに違いない。高齢者で収入はゼロ、体力は衰え、家長としての役割も果たせなくなった父親にとって、はした銭であろうが、隠して取っておきたいという心情は痛いほどわかる。一家をあげて開拓地に入って来た作者にとって、何もできないまま死を迎えねばならなかった父の残念な気持ちが痛いほど理解できたはずだ。この句の冷酷であっけない描写がかえって死んだ父の長い人生の物語を内包しており、息子である作者の深い悲しみが伝わる。

一九〇六年、東京小石川生まれ。一九四五年、豊頃村（十勝）の開拓地に家族とともに入植。一九四九年、「氷原帯」創刊・主宰。〈地の涯に倖せありと来しが雪〉〈鉄工葬おはり真赤な鉄うてり〉。

寒き世に泪そなへて生れ来し

正木浩一

（『正木浩一句集』所収）

明確な切れはなく、十七音すべてを使って屹立した一行詩である。一句一章の俳句と言ってよいだろう。それにしても人間の赤ん坊は生まれてすぐ何故泣くのであろうか？　医学的にはそれまで母体の羊水に浸かっていた肺から液体を押し出し、空気を吸い込むのに必要不可欠な行動ではある。大声で泣くことで、肺を大きく収縮させ、腹筋を激しく使う。この「寒い世の中」で生きてゆくための大切な準備体操なのかもしれない。掲句は人間という生物は生まれたその時から涙を備えており、涙を携えて生きてゆかねばならない宿命であることを、ある意味、諦観をもって表白している。生まれたとき涙を流し、死ぬまで涙を流す動物は人間以外にはいないわけである。誰もが気が付いていて、誰もが知っていることであるが、それを俳句に詠んだのはこの句が嚆矢ではないだろうか。「寒き世」に生まれたからこそ、己の泪が温かく感じることもあるのだ。

作者は俳人正木ゆう子の兄。癌と宣告されてからわずか一年で夭折した。他に〈某日や風が廻せる扇風機〉〈玉虫の屍や何も失はず〉〈冬木の枝しだいに細し終に無し〉〈永遠の静止のごとく滝懸る〉など秀品を残している。

かくて冬妻にゆづらん我がいのち　岡本圭岳

（『定本岡本圭岳句集』所収）

雑誌「俳句界」の特集「シリーズ100句選〈いのち〉」でこの句を選んだとき（二〇〇六年）は、妻も生きていたし、私自身がとても不健康で繁忙な生活を送っていたので、夫であり、年齢の高い私が当然先に死んで、妻にはいつまでもこの世でゆっくりしていて欲しいと漠然と思っていた。妻は長命の家系で、いたって健康でもあった。だからこの句も作者は私と同じような心境で詠んでいるのだと思った。つまり私なりの読みを口語訳するとこうである。「そうこうしているうちに今年も冬が来た。私の人生も四季に例えればもう冬だ。私が死ぬようなことがあれば余力があるうちに早めに死んで、神様からもらった時間に余禄があるならば全部妻に譲りたい」。そんな句だと読んでいた。余命三カ月以内と言われた妻を看病していたある時、この句が浮かんだ。そうするとこの句の読みは違ってきた。「今冬になって消えいるような妻の命に私の命を与えて、私の代わりに生きて欲しい」そんなふうにもこの句は読めるのだ。

冬麗の微塵となりて去らんとす

相馬遷子

（『山河』所収）

「医療俳人」という言葉が存在するかどうかは知らない。あえて医師という仕事を持ちつつ俳人を続けているものは江戸時代の凡兆をはじめとして多い。高野素十も水原秋櫻子も医師であった。現代では澁谷道、仲寒蟬、細谷喨々、谷口智行、五島高資も医師である。もちろん私もその末流にいる。ただしこの「医療俳人」という言葉を私なりに定義すれば、その作風、作品、そして俳人としての生き様に医師であることが大きく関わっている俳人としたい（もちろんこれは私の独断であるが）。そうであるならば、相馬遷子は「医療俳人の極星（ポラリス）」であろう。そして私は彼の作風、作品が好きだ。

さて掲句は遷子の最も著名な句の一つである。彼は昭和五一年一月一九日に癌で亡くなっているが、掲句はその一か月半前の昭和五〇年一一月二六日に詠まれている。最後の作品だから価値があるわけではなく、何より遷子という俳人を彷彿させる句である。したがって掲句は絶句といっても良い作品だ。

医師は生命＝死というものを科学的認識の上で捉えようとすることが多い。彼は他の作品でも自分が無宗教であることを詠んでいる。死後の世界について輪廻思想などの宗教的思想はなく、死んでしまえばあとは「無」の世界が永遠に訪れることを認識していたはずだ。死に直面し、「冬麗の微塵」になって去ってゆくと彼は詠んだ。ここに俳人として詩人としての矜持があるのではないだろうか。

掲句は原句があり〈冬麗に何も残さず去らんとす〉である。これだと現世に後ろ髪引かれる思いが横溢していて、深みや美しさがない。それを掲句のように推敲したのだ。遷子はほとんど推敲しない俳人であったそうだ。やはり掲句に思い入れがあり、こだわったのだと思う。私も死後は「宇宙の塵」になりたいと思っているし、きっとそうなれると思う。

掲句の「冬麗の微塵」は万物創生のはじまりであり、終わりでもある「宇宙塵」をもっとも美しくメタファーした措辞であり、これ以上の措辞はもう出て来ないように思う。最後に、『相馬遷子佐久の星』（邑書林）という著書で、深谷義紀氏がこの句に対して述べている一節を少し長くなるが引く。

遷子という俳人を象徴する作品だと思うし、敢えて言えばこの一句を残すためにその俳句人生があったのではないかという気さえする。（中略）死んだら富も名誉も一切関係ない。かつて自分が看取った貧しい患者達と同じように、静かにこの世を去ってゆくのだという遷子の覚悟を感ぜずにはいられない。

私も同感であり、遷子を「医療俳人の極星」までに輝かせた一句だと思う。

あきらめし命なほ惜し冬茜

相馬遷子

（『山河』所収）

専門領域も違うし、生きている時代背景も違うのだが、医師である私が確信をもってわかることがある。それは医師としての人間の力量だ。高慢な言い方になるかもしれないが、三〇年以上臨床経験があるとたとえ他科領域とはいえども、どのくらいの力量があり、どのくらいの技術があり、どのくらいの臨床経験があるかは想像がつく。

長野で生涯一内科医として活躍した相馬遷子はおそらく当時としてはたいへん有能な内科医であったと推察する。したがってその職業詠を私は初心のころから刮目し、愛誦していた。初心のころの自分の大好きな句を書き留める「俳句ノート」には〈凍る夜の死者を診て来し顔洗ふ〉〈風邪の身を夜の往診に引きおこす〉などの綺羅星のような職業詠がならぶ。そしてそのあと〈冬麗の微塵となりて去らんとす〉〈わが病わが診て重し梅雨の薔薇〉〈冷え冷えとわがゐぬわが家思ふかな〉などの有名な闘病の句がならぶ。そして掲句である。遷子の闘病句としては赤裸々に心情が吐露され過ぎているからか、代表句として取り上げられることは少ない。胃がんと闘いながら心境を透徹させてゆく句はたしかに尊いのであるが、この句はまさに医師であり、科学者であり、病理学も熟知していたはずの遷子の「いのちの絶唱」ではないだろうか。その措辞には透徹、冷徹な医師としての目はなく、あくまでも自分にだけは奇跡が起こってほしいと願う弱い弱い人間が居る。十分おのれの病態は理解しているのであるが、なお命が惜しいのである。「生」をあきらめきれないのである。「冬茜」の景色に出会うたびに私はこの句を思い出し、お会いしたこともない遷子に無性に会いたくなるのである。

綿虫にいのちの重さありて泛く

神蔵 器

（『木守』所収）

「綿虫」はアブラムシ科の昆虫で、体長二ミリ、腹部の末端に白い綿状の分泌物を持つ。北海道に住む人間にとってはいまさらの情報であるが、旭川では初雪がくる一週間ほど前から浮遊することが多い。私などは見るたびに「来るものが来た」という感覚で、冬の到来を思わざるを得ない。雪虫と呼ぶ人も多いと思うが、まったく別種の雪虫が存在する。浮遊する姿もどこかはかなげで、これから来る長い冬の季節感とも相まって「生きている淋しさ、命のはかなさ」などが詠まれる。

さて掲句であるが、綿虫を題材に「命のはかなさ」を詠んだ代表的な作品と言えよう。しずかにしずかに空中を浮遊するように進む綿虫であるが、そこには確実に「重さ＝質量」というものがあり、それはいのちの重さに他ならないと詠む。しかも「いのちの重さ」を負いながらも、あたかもその重さがないかのように浮き上がっていると詠んでいる。「ありて泛く」の「ありて」がふつうなら、説明的に働いて句の邪魔をするはずなのであるが、ここでは「重さがあるにも関わらず泛く」という表現のためには有効に働いている。

作者は東京生まれ。一九四七年石川桂郎に師事。一九七九年から「風土」主宰。第四一回俳人協会賞受賞。

雪ぼたるふたつ来世を信ぜむか

倉橋羊村

（倉田紘文編『秀句三五〇選6 死』所収）

「雪蛍」は「綿虫」の別称。「綿虫」を季語として詠む句はどうしても、その命の儚さを詠むものが多い。それは石田波郷の〈綿虫やそこは屍の出でゆく門〉に代表される。掲句はそういう意味では、綿虫の句として珍しく、すこし明るさを帯びた未来を詠んでいる気がする。しかも綿虫を詠むときは「一匹の綿虫」を詠むことが圧倒的に多いが、掲句は二匹（ふたつ）のいのちを詠んでいる。夕映えの中、二匹の綿虫がもつれ合うように、寄り添うように流れてゆくのを作者は見たのであろう。そこでまた来世でも番《つがい》になって飛んで行くことを約束したかのようだと感じたのだ。

はじめてこの句を読んだ時は「恋の句」ではないかと思った。つまりちっぽけな綿虫でも二匹がもつれ合い流れるように飛んでいる。だから作者および作者の連れ合いも来世もきっとまた一緒になれるのではないかという淡い希望の句とも読める。またそこには、もしかしたらだめかもしれない、来世なんかはないかもしれないという作者の半信半疑な心の表白も読み取れる。なぜなら「来世を信じけり」や「来世を疑わず」ではなくて、「来世を信ぜむか」だから。

しかし、この句のコアはまさに「信ぜむか」であり、この措辞によって、この句は通常のステレオタイプの綿虫の句に比べて、より屈折の強い、共感できる作品になったと思う。

作者は一九三一年、横浜市生まれ。一九五二年水原秋櫻子に師事。一九八九年「波」主宰。その他の代表句は〈黄落を瀧つらぬけり落ちて藍〉〈むかし祖母あり存分に冬青空〉〈仮の世のほかに世のなし冬菫〉など。

毛糸玉或る時いのちふっと無し

池田澄子

（『いつしか人に生まれて』所収）

防寒用のマフラー、手袋、帽子などを毛糸で編んで作る。冬の日向やともしびの下で、家族が仕事から帰るまでの時間に没頭して手編みをするのは、一つの幸せのかたちかもしれない。しかも「毛糸玉」を手にした時のぬくみや、ふわふわ感もこころを暖かくする。そんな一種の絶頂ともいえる幸福感から、一瞬にたちのぼってくる死への不安。それは感性豊かな詩人や俳人であれば肯《うべな》える感覚だし、言葉は悪いが「のほほんと生きている人」であっても共感できるだろう。毛糸玉の実態のない重さ、現実感のない軽さ、温かみに触れれば触れるほどふっとたちのぼる不安である。「ふっと」のオノマトペが、毛糸玉にふーっと息を吹きかけたように実感がある。つまり「いのちのふっと消える実感」である。この感覚が屈託ない言葉選びゆえに逆にリアルに感じられる。作者は〈じゃんけんで負けて蛍に生まれたの〉などライトバースな口語体で有名だが、より深い諧謔やアイロニーに富んだ句も多い。日常の瞬間的な行動や意識を切り取り、卓越した口語表現で仕上げている。私は以前から星野立子と通底するような天才的な言語感覚を口語体バージョンで表現していると感じていた。たとえば〈青嵐神社があったので拝む〉〈瞬いてもうどの蝶かわからない〉〈元日の開くと灯る冷蔵庫〉〈前へススメ前へススミテ還ラザル〉など秀句が多い。

小鳥死に枯野よく透く籠のこる

飴山實

（『少長集』所収）

軒先に吊るしておいた、もしくは窓辺に置いていた鳥籠。いつしか主である小鳥が死んだ。そうすると向こうにある枯野がよく透けて見える。空っぽの鳥籠から向こう側の枯野を見るというアングルはいかにも俳句的切り取りであり、俳句でしか表現できない世界とも言えよう。透けて見える枯野は死の空虚感や寂しさが伝わるが、感情をあらわにしない抑制の効いた表現がなおさら詩情を湧き立てる。死の暗さよりむしろ透明感が残る不思議な作品だ。自作ノートによれば「長男が小学校二年生の冬のできごとで、餌の補給をおこたってセキセイインコが死んだ」という。

私は小学生のとき、母が旅行中、十姉妹《じゅうしまつ》の世話を任せられていたのに、餌をやるのを怠り、死なせてしまった。初心のころ〈はこべらやきのふ十姉妹を死なす　喜夫〉と詠んだことがある。もちろんその頃は掲句の存在は知らなかった。拙句と比べるべくもないが、なんといっても「鳥籠」、そしてその背景の「枯野」という「モノ」に即して詠むことの重要性がここでも明らかになっている。

作者は一九二六年石川県小松生まれ。芝不器男研究で業績があり、第一句集『おりいぶ』で社会性俳句の新人として注目を浴びる。第二句集以後古典帰りを目指し、当時は反時代的な道筋とみられる世論もあったが、季語を重視した平明な作風に変化した。

湯豆腐やいのちのはてのうすあかり

久保田万太郎

（『流寓抄以後』所収）

万太郎の代表句。死の半年前に詠まれたもの。「湯豆腐」といぅほの温い季語を上五にしつらえて、中七以下はすべてひらがなでやわらかいイメージで詠んでいるが、「うすあかり」といいながらその内容は、はかなき人生や、孤独感が滲み出ている。湯豆腐という、どちらかといえば一人で食すには似合わぬものを、おそらく作者は一人で食べている。その湯気の向こうには本当であれば老後を添い遂げる女性が座っているはずなのだ。ところがそこには誰もおらず、自分のいのちの行く末を照らすかのような、湯気に滲んだ薄明りが見えるのみである。「あかり」が命のゆらめきであるならば、万太郎にとっては明確な「あかり」ではなく「うすあかり」でしかないのである。

この句は「一子の死をめぐりて」と前書きのある一〇句のあとに置かれている。一子とは「三隅一子」で、万太郎の愛人で、晩年を一緒にすごすつもりであったが、同棲を始めて間もなく急逝したのである。文壇では高名な万太郎であったが、家庭的には孤独で、最初の妻の自殺、再婚した妻との極端な不和、一人息子の病死につぐ、一子の死であった。清水哲男氏が「読者の感覚の中でじわじわ成長しつづける句」と評していたが、私のように配偶者に先立たれるとなおさら胸に沁みる句であり、清水氏に同感する。やはり万太郎の傑作のひとつと言えよう。

胎蔵界昏し金剛界寒し

篠崎圭介

（齋藤愼爾編『二十世紀名句手帖1愛と死の夜想曲』所収）

たいへん難しい俳句を取り上げてしまったと少し後悔している。ただし、「胎蔵界」「金剛界」という仏教の言葉さえ覚えてしまえば、内容は理解困難であるかもしれないが口誦性に富んだ俳句だと思う。

空海の伝えた密教は二つの世界（胎蔵界、金剛界）が対になって存在する。この二つの世界はどちらも「大日如来」の説く、真理や悟りを示したものだが、この二つの違いを本当の意味で理解するのは難しい。胎蔵界は「大日経」に基づき、金剛界は「金剛頂経」に基づいている。経典とインドにおける発生時期と発生場所が異なると言えば、一番理解しやすいかもしれない。

胎蔵界は大日如来の悟りを「理性」の側面からみた世界であり、金剛界は大日如来の悟りを「智慧」の側面から表した世界と言える。したがって掲句は、この世界は「理性の側面」から見ても昏く、明らかでない世界だし、「智慧の面」から見るとひたすら「寒い世界」だと述べている。作者が密教をどれほど理解しているか、あるいはどのくらい信仰していたかは不明であるが、少なくても密教としての両界曼荼羅（胎蔵界＋金剛界）は理解するには昏くて、寒い世界であることを悲嘆しているのかもしれない。いやむしろ、この世に対する諦念（あきらめ）の境地であろうか。ただこれだけは言えるだろう。人間真理を探究して悟りを開くことを目的に生きていても、それを遂行することは困難だということ。人間はあきらめも大事だということをこの句は言いたいのだと私は思う。

冬ふかむ父情の深みゆくごとく

飯田龍太

（『百戸の谿』所収）

若い頃は私は母親が大好きで、父のことはあまり好きにはなれなかった。個人的にも他人には言えないような出来事も多々あったし、とにかく「父」という存在にあまり優しさや、思いやりや、子に対する（つまり私への）情愛みたいなものを感じられなかったのだ。それが、今私自身が還暦近くなって、九一歳で死んだ父の事をずいぶん思い出す。

「父情」というものは若く幼い時は気づかないものだが、年齢と経験を重ねるにつれて深まってゆくのを感じる。そのことが「冬ふかむ」の季語ととても共鳴している。「ふゆ、ふじょう、ふかみ」のF音の畳みかけも口誦性がある。作者は飯田蛇笏を父に持つゆえに、私などとは比べ物にならないくらいの「父情」を感じつつ、生きてきたであろう。冬が深まるにつれてさらに「父情」を深めていったことは想像に難くない。

掲句のような作品に触れると俳句はやはり「老人の文芸」いや「経験の文芸」であるとつくづく思うのである。若い時には掲句のような「父情のもつ静けさ、深さ」や「冬の深まる静けさ」を感じ取ることは難しいのではと思うのだ。

冬濤に捨つべき命かもしれず

稲垣きくの

（『冬濤』所収）

冬の怒濤を前にして、たたずむ女性の姿が想像される。入水自殺はしないであろうが、そうとう切羽詰まったたたずまいである。いっそ冬怒濤に呑まれてしまった方が適《かな》う命なのかもしれないと表白している。切羽詰まった文言のなかにも女性ならではのナルシシズムが見え隠れする。読者としてはこのような句を読んだときは妙齢の女性を想像し、男性が詠んだものとは思わないかもしれない。読者のセクシャリティーを要求する句なのかもしれないと私は思う。男性読者はさておき、女性読者の中には、「なに甘いことといってんのよ」と冷ややかな反応をする人がいるだろうか。いずれにしてもドラマをはらんでいる句であることは間違いない。初心のころこの句を読んですぐ、ノートに書き写したことを記憶している。

作者はサイレント映画全盛時代の代表的女優であり、芸名は露原桔梗あるいは若葉信子であった。俳人としては久保田万太郎の弟子で鈴木真砂女と双璧と言われることもあった。〈古日傘われからひとを捨てしかな〉〈この枯れに胸の火放ちなば燃えむ〉〈まゆ玉にをんな捨身の恋としれ〉などドラマ性のある句を詠んだ。

たましいの暗がり峠雪ならん

橋閒石

（『橋閒石俳句選集』所収）

この句を雑誌「俳句界」で選句したとき、私は鑑賞を書くつもりは全くなかったので、好みだけで選句した。鑑賞しづらい難解句といえばそうかもしれない。それが橋閒石の魅力でもあろう。なんの前情報もない状態（つまりノイズがない状態）で掲句を読み、「暗がり峠」は作者の造語だと思っていた。たましいが向こうから光りつつ近づいてくる。そして真っ暗な「暗がり峠」に差し掛かった。とたんに、どこからともなくたましいの明るさのためか、雪が降ってきた。そんなふうにこの句は読める。たましいの明るさと雪の明るさは、どこかで通底している。その真ん中に「暗がり峠」という真っ暗なものをドッキングした句作りである。作者もおそらくそういう狙いで作句したに違いない。

この手の俳句は説明したり鑑賞したりすればするほど、詩から離れる気がして心苦しいが、たましい（生命と言い換えてもよい）も雪も、明るい光を放っている。暗闇があってこその明るさなのだと思う。「暗」があって「明」が際立ち、「死」があって「生」が際立つのではないだろうか。

さて、ノイズ（前情報）を含んだ鑑賞をはじめれば、実は「暗がり峠」は実在する。生駒山の南側海抜四五五メートルに位置し、大阪と奈良を最短距離で結ぶ山道であり、古代から利用されていたそうだ。松尾芭蕉は元禄七年九月九日に奈良を発ち、この峠を越えて大坂へ行き、同年一〇月一二日に生涯を閉じた。作者の閒石も当然知っているわけで、古代から多くの先人がこの峠を越えてゆき、死んでいったわけである。それを踏まえて、この魅力的な固有名詞「暗がり峠」を詠み込んだのであろう。最後に「ならん（む）」であるが、断定の助動詞（なり）の未然形＋推量の助動詞む（ん）なので、断定的推量だから、「雪が降るのであろう、雪なんだろう」という意味。閒石本人は暗がり峠（現場）にいるわけでなく、あくまでも「暗がり峠は今頃、雪だろう」と推量しているのであり、写生句でないことがわかる。

寒北斗いのちは窓を曇らしむ　亀田憲壱

（『果肉』所収）

「北斗七星」は冬も深まるにつれて、次第に北東の地平線から杓状の柄を下に立ち上がって来て、くっきりと七つの星が室内からでも見えるようになる。作者ははじめ、悲しみあるいは辛いことがあって、窓から「寒北斗」を見上げていたのかもしれぬ。あるいは深刻な考えも胸に秘めていたかもしれない。ずーっと、寒北斗を夢中になって見つめ続けて、ふとその集中力をゆるめて、窓そのものを見ると、自らの呼気で、窓が曇っているのに気づいたのだ。そうするとあれだけ深刻な思いに苛《さいな》まれていた心が、なにかしらほっこりと温まるのに気づいた。どんなにつらく苦しいときも、自分は息を吐き、その息は冷たい窓を曇らせることができるのだ。辛く苦しいときこそ、自分のもつ命の温かさに気づくべきだと思うし、寒北斗はそれを気づかせてくれたのだ。「窓を曇らしむ」が巧みな措辞であるし、吐息と詠みたいところを「いのち」と言い換えて、普遍性を持たせたところも美点である。

作者は一九五六年三重県伊勢市生まれ。「銀化」第一同人で私の俳友でもある。句集『果肉』。

寿命とふ誤差の範囲の六花《むつのはな》

森谷　彰

（『プーさんの瞳』所収）

「寿命」とは命が尽きるまでの長さであるが、人間であれば平均寿命が八五歳として、運よくとても長生きできたとしても一〇〇歳。たかだか一〇〇年である。地球四六億年の歴史を考えるとまさに誤差範囲である。地球が誕生して四六億年これを一日二四時間に置き換えてみる。午前〇時からスタートさせると、明け方四時にやっと地球上に単細胞が生まれ、一〇時に地球に大気が生まれ、二一時半に地球は氷河で覆われ、二三時にやっと恐竜が誕生する。二三時四一分に恐竜が絶滅して、二三時五八分四三秒にやっと人類が誕生する。壮大に思える人類の歴史はこの地球尺度で言えば、二四時間のうちでわずか一分一七秒ということになる。私の妻は五〇歳で死んだ。私が八〇歳で死ぬとすると、五〇年と八〇年とでは、地球誕生から考えたら、気づかないほどの誤差範囲なのだ。そしてこの作者、白血病でわずか六五歳で逝った。

中七までのインパクトのある措辞に耐えられる季語はおそらくは「六花（むつのはな）」しかないのかもしれない。思えば「六花」という雪の異称は、雪の結晶が六角状であるからつけられた。立《りっ》花《か》ともいう。一級季語である「花」と「雪」を結合した何よりも豪華な季語といえるのだ。寿命という悔しくて虚しい誤差範囲を受け止められるのはこの豪華な季語しかない。

ある冬の日、病院で自らの病名と生命予後を告知されて、その運命を呪いもしただろうが、これから闘病生活に入ろうと自分を鼓舞するとき、作者は思わず「寿命なんてものはすべからく誤差範囲なのさ」と呟いたかもしれない。病院の外に出たら夕空から京都としては珍しく雪（六花）がちらついていたのかもしれない。

拙句集『白面』を上梓したとき一度だけ、すでに白血病の床にあった作者からお手紙を頂いた。懇切丁寧でかつ、頭脳明晰な内容であった。その手紙に書かれていた私への激励とオマージュは今でも私の大事な宝物である。

作者は一九四六年京都生まれ。「銀化」同人。句集『プーさんの瞳』。私の好きな他の句を挙げておく。〈プーさんの瞳は釦はるうれひ〉〈ストーブの片隅にある別の隅〉〈はぐれけり林檎の皮の裏道に〉〈人人の打寄せてをる海月かな〉など。

悲しさの極みに誰か枯木折る

山口誓子

（『青女』所収）

誰かが枯木の枝を折ったのであろう。どんな理由があるにせよ、乾いた悲しい音を響かせている。そしてその音が作者の耳にも届いた。しかもその音は今の作者にとっては悲しさの極みの音として響いたのである。枯木の枝を折った主体を誰かと三人称にしたところが、その際限ない悲しさを個人的な悲しさから普遍的な悲しさへと変貌させている。まさに人間の存在そのものの悲しさなのかもしれない。山口誓子が提唱した根源俳句の一つと言えるかもしれない。掲句も誓子特有の硬質で、無機質な抒情がよく表れている作品だと思う。「カナシサノ　キワミニタレカ　カレキオル」とK音で畳みかけてそれを支えている。

粕汁にあたたまりゆく命あり

石川桂郎

（『四温』所収）

体が冷え切ったとき温かいものを口にすると、体の芯からあたたまり、生き返った心地がするものだ。たとえば雪の中、歩いて帰宅したとき、木枯らしに吹かれつつなんとか帰宅したとき、あたたかいコーヒーやホットミルクなどを口にするだろう。しかしそんなときに掲句のような表白ができるであろうか？　なかなか難しいと思う。なぜなら、体が本当に冷え切るまで寒い中を行動できる体力があるからである。つまり通常は元気なのである。

さてこの句に通常の元気さが感じられるであろうか。季語の「粕汁」は酒の絞りかすを利用して作る汁で、塩サケ、野菜などを具として入れることが多い。日本酒特有の甘い香りを楽しみながら、体が温まる。北海道、東北など北国で飲まれることが多い。おそらく通常の健康体であれば「あたたまりゆく命あり」とまでは表白しないであろう。作者はたしか食道癌でなくなったはず。『四温』は遺句集であることから、重篤な病に侵されつつある身体に一口の粕汁の温み（それを作ってくれたひとに対する感謝の気持ちも含めて）がどれだけ嬉しかったことか。桂郎は酒好きだったと聞くので「粕汁」の温みは格別であったに違いないのだ。〈遠蛙酒の器の水を呑む〉という印象深い作品も残している。洒脱な文章も定評があり、短編集『妻の温泉』で直木賞候補にもなった。

炭馬の運命をしりてあるきけり　　飯田蛇笏

（『心像』所収）

タテ句のスペシャリストであり、タテ句の俳人として最後であり最高峰といわれている飯田蛇笏。蛇笏にして動物（炭馬）に対する慈愛の目があふれている句をなすこともあるのだ。

さだめ（運命）はまさに命を運ぶと書くが、この句の炭馬《すみうま》は炭をはこぶことが唯一無二の役割である使役馬である。炭を運ぶことだけのために生きていると言ってもよい。

時代背景を含めて「炭」という季語についてまず語らねばならないだろう。炭焼きは木炭を焼くことであって、炭を焼く人のことも言う。炭焼きは専業ではなく、多くは農閑期の冬に農民や樵夫《しょうふ》の副業として行われた。冬、山中に入って炭竈《すみがま》の傍らに小さな粗末な炭焼き小屋を建てて、作業期間中そこに寝泊まりする。炭焼くひとを「炭焼夫」や「焼子」ということもある。ひと窯を焼き上げるのに約一週間要し、つきっきりで煙の色をみながら炭の出来具合を判断する。現在は電気、石油、ガスの普及で炭への依存度は少なくなっている。出来上がった炭を搬出する馬が炭馬、炭を背負って搬送するのは背負子《しょいこ》、背負女、車を使って搬送するのを炭車という。

掲句の中七の「運命をしりて」という擬人法が、やがてくる炭産業の衰退や、使役としての馬の必要度の衰退、馬が老いて食肉用になってしまうなど、ネガティブな運命がいろいろ想定されて考えされられる。重い炭を背負ってとぼとぼと、しかし愚直に歩む炭馬の姿を想像させられる句である。この句のあとに〈老馬の炭おろしたる影法師〉という句が発表されており、私のネガティブな想像が決して的外れではないことが示唆されるのだ。

蛇笏としては、同じホトトギスで活躍した村上鬼城の〈痩馬のあはれ機嫌や秋高し〉や〈春寒やぶつかり歩く盲犬〉などの動物に対する憐憫の情を込めた俳句が頭のかたすみにあったのかもしれない。

白鳥は胸をみよしに帰るなり

金箱戈止夫

(『梨の花』所収)

「みよし」は舳であり、「和船の船首材。へさきに出ている波を切る木。転じて船首・へさき。によし」(広辞苑)である。恥ずかしながら私はこの俳句作品ではじめてこの言葉を知った。それにしても「みよし」、なんと美しい言葉であろうか。辞書、図鑑などで是非、和船の「みよし」部分を見て欲しい。そのやわらかい船首はまさに、波を切る機能を有しているとはにわかに信じがたい優美な曲線だ。作者はそれを白鳥の飛翔する胸(ここも風を切る部位である)と類似しているとメタファーしたのだ。水上や海で使用する言葉を空を飛翔する白鳥に用いたのも心憎いほど適切な比喩だと思う。「白鳥帰る」の季語に「胸をみよしに」という極上の措辞を添えただけではない。この句の佳さは格助詞「は」の使用と、助動詞「なり」の使用である。いずれもが取り換えの利かぬ措辞だと私は思う。「は」を、「の」「や」「を」に代えて読んでみて欲しい。「なり」を「けり」「なる」に代えて読んでほしい。この二か所を変えただけで、この句の出来栄えの足元にも及ばなくなってしまう。つまりこの作品は十七音すべてが取り換えのきかぬ宝石のような言葉で出来上がっているのだ。

金箱戈止夫《かねばこかしお》は一九二八年長野県生まれ。一九七六年より齋藤玄に師事。一九九四年に「壺」主宰継承。二〇〇五年北海道新聞俳句賞受賞。

後の世に逢はば二本の氷柱かな

大木あまり

（『雲の塔』所収）

一読、恋の句と読み取れる。今生ではどういう関係の二人かは定かではないが、生まれ変わった先の世では、隣り合った二本の氷柱として出逢うことを願っている。そんなふうに読める。その恋は周りを焼き尽くすような恋ではもちろんなくて、死後の世界でむしろ冷え切った、たった二本の音も立てぬ氷柱として出逢うことを希求しているのである。それは少し寂しくもあるが、凜冽な恋であるとも言える。死後の魂が、透明感のある並び合った二本の氷柱であるとしたならば、傷つけあうこともなく、場合によっては一本に連なることもあるだろうし、溶ける温度になったならば、二人で同時に無くなってしまうこともあるだろう。そんな人間関係、魂の関係を作者は希求しているに違いない。作者の句に〈寒月下あにいもうとのやうに寝て〉があり、冷え切った寒月に照らされた二人の関係を詠んでいる。掲句のような恋愛関係と通底する。

しづかなるいのちになりし障子かな

長谷川素逝

（『定本素逝集』所収）

閉所恐怖症という状態があるが、逆に閉所にいると大変こころが落ち着く人もいる。作者の他の作品を読んでもわかることは、彼は狭い空間にいることで心の平穏が得られていたのかもしれない。しかも結核の療養で、閉ざされた空間に囚われた状態でもあった。

寒い冬の一日、障子をきっちりと締め切って、夜になれば、「今日一日、人の出入りもなく煩わされずにしずかに過ぎた」と心から思ったことであろう。それは淋しいことではなく、むしろ心持が澄んでいるのかもしれぬ。きっちりと閉められた障子が猶更に白く清らかに見えるのである。病者でありながら、障子の中で一日静かな心持でいられたことの喜びを詠んでいるとも思える。同じ病気であった石田波郷や川端茅舎のような厳しさはなくて、むしろ透徹した、静かな心境の句が多い。〈咳いて泣きしことををかしと妻はいへど〉〈しはぶけば四方より幹のかこみ立つ〉など冷静に自分を見ている句が多い。

凩やはるかな星のやうにひとり

渡辺夏代

（『夏木』所収）

十七音のリゴリズムはなるべく、できる限り守るようにしている。それは自分の作句においても、選句においても。さて掲句、句意は明瞭なように思う。作者は冷たい風に吹かれて「凩の街」に佇んでいるのかもしれない。低空では強風が吹き荒れているが、上空の空は晴れ渡ることは特に冬に多いと思う。作者がひとりぼっちで見上げると、上空に一つ目に留まった星が瞬いていた。たとえばオリオン座のβ星で、青白い光を放つリゲルかもしれぬ。そして作者は「ああこの星も私と同じようにひとりなのだ」と強く思うのである。掲句は中七をゆったりと口語的な比喩をもちいて句またがりにし、結局は座六になっており、読後感として破調感は当然、残存する。ただしこの句の場合はそれが大成功しているように思うのだ。もしこの句が十七音のリゴリズムをかたくなに守り、たとえば〈凩やはるかな星のごとひとり〉であれば、私は取り上げていないと思う。掲句の様にゆったりと叙したことで、青春性や、瑞々しい抒情性や、若い女性の孤独感とナルシシズムみたいなものをビビッドに表出できたのだろうと推察する。字余り、字足らずなどの破調の成功パターンは、内容が破調に適合するような、屈折した心理状況を示すときと、掲句のような青春性を出すときではなかろうか。特に後者はわざと稚拙に句を作り上げるときなどに有効で、語弊があるかもしれないが「ヘタウマ」というやり方である。「ヘタウマ」に定義などは存在しないが、私なりに説明すると一見下手そうに見えて、そのことで、青春性や瑞々しい抒情・詩性を表出できる句の作り方あるいは句の表現を言う。誤解がないように述べておくがこの「ヘタウマ」の技法は技術がないのではない。上手に作ることはわけもないのであるが、下手のように見せる高度な技法と理解してくれてよい。

作者は奈良在住で、津田清子に師事した。津田清子が師であるからこそ、この句を無理に十七音に添削しなかったのだろうと推察している。

撃たれ熊もんどりうつを見たりけり　長谷川耿子

（『十年』所収）

季語は「熊突、熊狩、熊猟、熊罠、熊を撃つ」など、冬の生活の季語になる。熊は秋に大量に摂取した食べ物が腸の脂肪になり、活動を弱めるために木や岩の穴で冬眠状態となる。幹の牙跡や糞から熊穴を見つけ、犬をけしかけ、穴から出たところを槍で刺す。現在では胆嚢を傷つけぬように銃で耳の横を狙い撃つ。蜂蜜を入れた檻を罠にして、捕獲することもある。掲句は離れた距離からおそらく山の斜面などを登っている熊を銃で撃ったところであろう。それが急所に命中して、もんどりうって、転げ落ちてゆくさまであろう。それにしても、実に客観的に、淡々と詠んでいる。熊を殺傷する場面の俳句は珍しいかもしれない。掲句の内容から残酷だとか、非情だとか思わない方がいい。猟師には猟師の生活や暮らしがあり、熊には熊のテリトリーや宿命がある。生態系のトップに人間が君臨している以上、自然の摂理と言えるかもしれぬ。中七の「もんどりうつを」が大変臨場感があり、写生的でもある。ただし「見たりけり」の詠嘆の措辞が、作者はただの傍観者ではいられなかったことを示唆する。この世の現実そして生物として生きること、生き残ることの「はかなさ」や「無常」も詠嘆しているように思えるのだ。

長谷川耿子《こうし》は一九二八年山形県上山市生まれ。「胡桃」主宰。山形県俳人協会会長。

ひそかなる亀の死をもち冬終る

有馬朗人

（『母国』所収）

私の家では金魚、小鳥、犬、猫、亀などいろいろなペットを飼った。亀は二度飼っており、一度目は私が子供のころ餌をやり過ぎたためか、ある朝気づいたら動かなくなっていた。二度目の亀はかなり長生きをして成長したが、ある朝、飼っていた水槽から逃げ出して行方不明になった。その数年後、家の建て替えのときに、その亀の死骸が縁の下で見つかった。まさに「ひそかなる死」という感じであった。この「ひそかなる」という措辞は本当に亀を飼った経験がないと思いつかない言葉ではないだろうか。亀ならではの人目につかない死にざまがあり、その死をもって、「冬終る」という季語の抑え方も見事な詩になっている。たしかに「冬終る」という静けさをもった季語が、亀のひっそりとした死と共鳴するように思う。

作者は一九三〇年大阪生まれ。東大理学部教授を経て、東大総長。のちに文部大臣を務める。山口青邨に師事して、一九九〇年「天為」創刊・主宰。代表句に〈光堂より一筋の雪解水〉〈熟田津に登り春月大いなる〉。

船のやうに年逝く人をこぼしつつ　矢島渚男

（『船のやうに』所収）

　掲句、読めば読むほど芭蕉の「奥の細道」の冒頭シーンと同じような感覚で理解すべきなのだと思う。暮れてゆく年、その過ぎ去ってゆく年月はあたかも船のようだと言っている。年月は水の上をすべるように進んでゆき、過ぎ去ってゆくものなのだ。「人をこぼしつつ」の措辞が見事であり、確かに「時の船」は容赦なく進みゆき、その「時の船」はどんどんと人をこぼしてゆく（多くの死者を置き去りにしてゆく）のだ。今年もまた多くの死者がこの「年月という船」からこぼれて逝ったことを作者は回顧している。この船はさらに巨大化して解釈できる。この惑星が大きな一つの客船のような気もしてくる。環境の悪化、迫りくる温暖化、異常気象、「地球という船」に乗る人間は一蓮托生であることを早急に気づくべきなのだと思う。掲句は「逝く年」という、ともすると個人的な小市民的な感懐で終わってしまうような季語を、大きく使いこなした。人間そのものの行く末まで考えさせてくれる俳句だと思う。

去年今年貫く棒の如きもの

高濱虚子

（『六百五十句』所収）

虚子晩年の名句と言われる。この句は多くの著名人により評価の定まった句であるので、私があえて鑑賞するには及ばないと思うのだが、いのちの俳句として選んだ以上、私なりの鑑賞を試みたい。「去年今年《こぞことし》」の句は作りにくいとつねづね感じているのはこの句の存在があるからかもしれない。まず「去年今年」の季語についてふれてみたい。大みそかの一夜が明けて、去年から今年へ移り変わること。旧年を送り、新年を迎えたことをいう季語である。今では午前零時で移り変わるのであるが、昔は夜全体が去年と今年の境目と考えていた。「去年今年」は年の行き来がすみやかな感懐を意味するのであって、去年、今年の並列の意味を持たないことは重要である。

季語の本意を掘り下げるのではないが、新年を迎えるめでたさはこの季語にはないと思われる。あっけなく新年を迎えてしまった、年が変わったとしても大きな変わりがないといったものが本意だと考える。つまり時間の流れの速さ、あっけなさ、もっというと時間というものの冷酷さがこの季語の本意だと思うのだ。虚子は去年から今年に移り変わる十数時間程度（夜の間）を貫く棒のようなものだと直喩で示した。この一本の棒をとてつもなく長く感じるか、短く感じるか、巨大で太く感じるか、とても細くて矮小なものと感じるかは読者の心持ひとつなのである。去年今年を生きている一人ひとりがどう思うかは自由だが、一本の棒のごときもので、本質は変わるものではないのだという諦念に似た思想として受け取ってよいだろう。そう考えると人生というたかだか百年間も「一本の棒」のようなもので、それを長くするも、太くするも、矮小にするも一人ひとりの生き方、過ごし方によって変わるのである。つまりわれわれ読者は虚子によって「人生の如意棒」のようなものを眼前に突き付けられたことになるのである。

元日の海おだやかに命満つ

鍵和田秞子

（俳句あるふぁ増刊『いのちの俳句』所収）

「元日」「海」「おだやか」はいかにもステレオタイプに感じることであろう。しかし「命満つ」と言い留めたことで、作者は「元日の海が穏やか」という風景を述べたいのではなく、「おだやかに命が満ちている」ことを言いたいのだと気づく。つまり今生きている喜びを詠んでいるのだ。「いのちの翳り」を作者自身が感じ取っていること、そしてこの作者にとって前年の年末にかけておそらく健康状態も思わしくなかったことを窺わせる。元日の好天と相まって、今は小康状態を得ている。そんなささやかな喜びの句のように感じるのだ。私がいままで病気一つしていない全くの健康体であれば、この句をそんな風に読み取ることはできなかったかもしれない。ある年の年末に心筋梗塞になったときは、私は初めて生きて正月を迎えられるのだろうか？　初日の出を見られるのだろうか？　といった不安に襲われた。亡き父が生前によく「正月までもつだろうか」と自分のことを自嘲的に言っていたことを、私もはじめて実感できたのである。

元日の穏やかな海を寿ぐことは、己れの生命を寿ぐことに他ならないのだ。「おだやかに」という何の変哲もない措辞が「命満つ」にかかっていることがこの句の核心なのだと思う。

鶏鳴は地に触れずして初筑波

峯尾文世

（『微香性』所収）

はじめてこの句を読んだ時から私はタテ句としての骨格の正しさ、句柄の大きさ、格調の高さに魅了されている。

元朝、地には初鶏の高らかな声が響き渡り、しかもその声が地に触れることなく、空高く筑波山へと駆け上ってゆくようである。この句の季語は「初筑波」。山の固有名詞で季語になっているのはこのほかには「初富士」「初比叡」くらいではなかろうか。元旦に望み見る筑波山は古来、富士山と並んで江戸っ子が眺め賞している。標高八七七メートルと決して高くはないが、峰が二つに分かれ、西を男体、東を女体といい、秀麗な山容とともに、万葉の時代から、歌に詠まれている名山である。もちろんこの句は「初鶏」といううめでたい正月の季語も忍び込ませてあって、巧みなつくりになっている。初鶏は元旦の暁暗に鳴く鶏のことをいい、一番鶏が午前二時ころ、二番鶏が午前四時ころと言われるので、この句の鶏鳴は初筑波が眺望できる明るさになった早朝の鶏の声と推察される。朝の威勢のよいすがすがしい鶏鳴と秀麗な筑波山の対比が遠近法としても秀逸である。「初鶏」と「山」を取り合わせたものとしては〈初鶏や動きそめたる山かづら　虚子〉があるが、掲句の方が私は優れていると思っている。

私がこの句を賞揚したいもう一つの理由が「～ずして～」の措辞である。連語といって、「～ないで」「～ないのに」という意である。この形の句としては〈愛されずして沖遠く泳ぐなり　藤田湘子〉があまりに有名であるが、格調の高さと口誦性をこの「～ずして～」の措辞が形成していると私は思っている。この句も湘子の句に負けずに口誦性があると思うのだ。私もことあるごとに「～ずして～」の連語を使った句に挑戦しているが、いまだに気に入る句はできていない。

作者は銀化第一同人。上田五千石の「畦」で結社新人賞をとり、五千石死後は「銀化」で結社新人賞をとっている。

初あかりそのまま命あかりかな　能村登四郎

（『寒九』所収）

「初あかり」は元日の朝、東の空にほのぼのとさしてくる曙光をいい、その光を浴びるために海や山まで赴《おもむ》く人も多い。冷気の中で荘厳な気持ちになると思われる。一年のはじまりで、リフレッシュして生きようという気持ちが前面に出る季語である。掲句の「命あかり」という造語と思われる措辞はまさに、この「初あかり」の本意を十分に弁《わきま》えて、置き替えの利かぬほど秀逸に言い止めたと思う。用言は一つもなく、「初明かりがそのまま命あかりであるなあ」という詠嘆のすばらしさもある。

作者は老年になるにつれて句の発表機会が増えた。「両性具有」ともいわれる性差のない、老年の艶のような世界を完成させたと思う。超高齢化を迎える日本においては俳人は登四郎のような「老いの詠み」も目標となるのではないだろうか。代表句および老いの句で私の大好きな句を引く。〈子にみやげなき秋の夜の肩ぐるま〉〈秋蚊帳に寝返りて血を傾かす〉〈火を焚くや枯野の沖を誰か過ぐ〉〈春ひとり槍投げて槍に歩み寄る〉〈霜掃きし箒しばらくして倒る〉〈すこしづつ死す大脳のおぼろかな〉〈鳥食《とりばみ》に似てひとりなる夜食かな〉〈厠にて国敗れたる日とおもふ〉など。

猿曳の猿が畳に下りし音

京極杞陽

（俳句あるふぁ増刊『いのちの俳句』所収）

「猿曳《さるひき》」は正月に猿を背負ったり、曳いたりして、家々をめぐり、太鼓を打って猿を舞わせて芸を披露して、金品を貰い歩く門付け芸人のことをいう。訪問した家々の繁栄を祈って寿《ことほ》ぐのである。猿と、厄災を「去る」の音にかけての縁起で、厄難排除の祈禱も行ったそうである。猿は馬の守り神であるとする信仰から、農家や武家で馬を多く飼っていた時代は、厩《うまや》を訪れて芸をした。「猿曳」は馬の健康と安全を祈る意味もあったようだ。江戸時代には多かったが、現在ではほとんど見られない。

京極杞陽は貴族出身、元子爵で、兵庫県豊岡藩主第十四代目当主であったから、当然実景なのであろう。掲句の十七音を読み終わったあとは、いつまでも続く沈黙と余白とあとに尾を引く寂寥感がある。「猿曳」という季語自体が滅びゆく淋しさを纏《まと》っている。内容としては門前から畳のある部屋まで中に引き入れて、「猿曳」に芸をさせているのであろうが、それまで背負われていた猿が、いざ芸をしようと畳に下りてきてかすかな音をたてたのであろう。その音の説明のつかないむなしさ、寂しさ、物足りなさが掲句に漂っている。おそらく俳句という詩形でないと表現できない世界だし、俳句の片言性を極限まで追求した作品だと思う。

いろんな動物の曲芸を時々見るが、たとえば犬の曲芸や、イルカのショーなどは可愛いと感じたり、楽しめたりするのだが、「猿回し」はどうだろうか。私は少なくても、猿の曲芸を見た後で晴れやかな気持ちになれない。動物によってこうまで感じ方が違うのはどうしてか説明がつかないが、作者の京極杞陽も私と同じ感覚で、「猿曳」を見ていたのではなかろうか。そういう意味で私にとっては「シンパシー」が前面に出た作品と言える。

手毬唄かなしきことをうつくしく

高濱虚子

（『五百五十句』所収）

虚子のあまたある有名句の一つ。初心のころは、地味だし、そのままの措辞だし、どこが良いのだろうかと思っていた。しかも初心者が教わることは俳句に「かなしい」「うつくしい」などの形容詞は使わない方がよいということ。ところが掲句はそれすらも守らず、二つも使用している。とはいうものの、一読覚えやすく、口誦性があり、私もすぐに記憶してしまった。昔から伝わる手毬唄を子供（女の子）が無心にうたって、手毬をついている。それを作者は日当たりのよい縁側で聞いている。昔から何気なく聞いているが、よく耳を傾けるとかなしく、あわれな物語が織り込まれているのだ。繰り返す清らかな子供の声に、作者は心が洗われる思いがしているのかもしれない。「かなしきことをうつくしく」という措辞は現代から言えば格別「詩的で魅力的なフレーズ」には感じないが、この句が詠まれた一九三九年（昭和一四）という時代背景を考慮すると、当時としては実感があり、詩的インパクトのある措辞だったに違いない。現代の私たちにこのフレーズがインパクトをもって共鳴しないのは、私たちの中にすでにこのフレーズが詩的遺伝子として刷り込まれているからかもしれない。

代表的な手毬唄としては「毬と殿様」「あんたがたどこさ」などがあるが、これらには悲しい歌詞があるようには思えない。むしろ子守歌は、「島原の子守歌」や「中国地方の子守歌」など悲しい詞が多いように思う。もしかしたら虚子は子守歌の悲しいイメージを手毬唄にトランスファー（転移）して詠んだのかもしれない。同時に作られた句に〈手毬唄うたひ伝へてなつかしき〉がある。

せりなずなごぎょうはこべら母縮む　坪内稔典

（『百年の家』所収）

はじめて掲句を読んで以来、座五の「母縮む」という措辞だけは印象的に覚えている。たくさんの文献を当たったわけではないが、年老いて、小さくなって、痩せてゆく母親をこのように表現したのは、俳句において掲句がはじめてではなかろうか。掲句で意味を持つフレーズはこれだけであり、意味的にはこれ以上でもこれ以下でもない。「春の七草」のはじめの四つだけ芹・薺・御形・繁縷をあたかもおまじないのように、わらべ歌のように唱えて、あとは座五の「母縮む」に収束してゆく。「俳句は片言」が作者の持論である。まさに俳句で何かを述べるのは最初から放棄して、ひたすら口誦性を求めたのであろう。とは言え、中七までの「春の七草」の措辞と、「年老いた母親が小さくなってゆく」という現象を取り合わせたとも言える。正月七日には「七草粥」を作ってくれる母親の思い出とともに、読者に共感されやすい佳句と言えよう。「母」と「春の七草」は突飛ではなくて、曲輪《くるわ》の内《うち》での取り合わせ（想定内の取り合わせという意）といえるし、「縮む」という措辞が「母」と「芹・薺・御形・繁縷」をうまく「取りはや（取り繫ぐの意）」していると思う。俳句は諳んじて覚えやすいことが大事というのが作者の考えであり、代表句は〈三月の甘納豆のうふふふふ〉〈行きさきはあの道端のねこじやらし〉〈たんぽぽのぽぽのあたりが火事ですよ〉など。

人類に空爆のある雑煮かな

関　悦史

（『六十億本の回転する曲った棒』所収）

ある正月の朝、ゆっくり起きて、テレビのスイッチをつけ、朝食の準備をする。テレビでは、年末からのイスラエルのガザ地区への空爆の模様を飽きずに放映している。そのテレビを無表情にみながら、昨日からの作り置きの雑煮を温めなおして食べている一人の男が、作者なのだ。そしてこの男と幾分シチュエーションは違っても、日本全土の人々もみな、この作者と同じ状況にあるのだ。テレビ映像を眺めているその思いの深さは様々であろうが、結果的にはただ眺めているにすぎない。「人類」という言葉は国家間や民族の枠組みを超えて、地球上のあらゆる人間存在をすべて一括りできる力を持っている。それだけに目の前にある「雑煮」から日本国民という枠組みを超えて、世界全体まで意識が及ぶような力を持っている句である。

正月の平凡で静かな一日をむさぼっている日本に比べて、同じ空で繋がっている遥か彼方の国では「空爆」が行われている事実が浮き彫りになる。「雑煮」は正月の食べ物で、どちらかというと庶民的ではあるが、普段とは異なる非日常の食事であり、いろんなものを「ごった煮」した感覚に「混沌（カオス）」というキーワードが潜んでいる気がする。この「雑煮」と「空爆」がおなじ十七音に並置されたことにより、世界の現実の奇妙なリアルがありありと認識できるようになる。

掲句を収録した句集『六十億本の回転する曲がつた棒』のタイトルは当時の地球の総人口を踏まえてのものらしい。この句集には地球もしくは地球規模の出来事を直接詠んだものや、作者自身が東日本大震災の被災者でもあるので震災の句、自らの祖母の介護体験などまるで「雑煮」のように雑多な世界の現実が詠み込まれている。これらの事実を非情なまでに冷静に形象化、対象化して詠み込んでいる俳人である。評論家としても俳壇で注目を浴びている作家だ。ほかに〈核の傘ふれあふ下の裸かな〉〈目刺食って株価明滅せる地球〉〈小惑星ぶつからば地球花火かな〉〈逢ひたき人以外とは遇ふ祭かな〉〈年暮れてわが子のごとく祖母逝かしむ〉〈屋根屋根が土が痛がる春の月〉〈天使像瓦礫となりぬ卒業す〉など。茨木県土浦市出身。二〇〇二年第一回芝不器男俳句新人賞受賞。二〇〇八年現代俳句評論賞佳作、二〇〇九年俳句界評論賞受賞。二〇〇九年より「豈」同人。第三回田中裕明賞受賞。

無季の句

火口覗く生死の生の側に吾

津田清子

（『礼拝』所収）

読者としては「無季破調俳句」容認、しかし自作としては原則「有季定型」と決めている。現在も基本的考えに大きな変化はないが、選句に関しては齢を重ねたからか、より保守的になっている。

さて掲句であるが、中身は理解しやすい。作者は火口を覗いている。一歩足を滑らせれば、それはもう忽ちに「死」の側の吾となるのだ。まさに生と死は紙一重であると思う。火口を覗いた生者である作者には、落下しつづける魂と、底にうごめく死者たちが見えたのかもしれぬ。そこはまさに「地獄」である。火口底を覗いていると訳もなく引き込まれる恐怖感が生じる。潜在意識の中で、火口に引き込まれそうになる自分と、後ろから押しとどめているもう一人の自分が鬩《せめ》ぎあっているのかもしれぬ。このような生死の境の不確実性を真正面から詠んでいる句は少ないと思う。日常にもこのような不確実性はつねに潜んでおり、たとえば駅のホームで列車を待っていたとする。誰もが白線の内側で待つのだが、白線の外側で待ちたいという衝動が自分の心にいつ起こるかわからないのである。現在、心身の健康を保っているから、「そんなことは絶対にあり得ない」と思うかもしれないが、私も読者のみなさんも未来永劫そんな考えが絶対に起きないと断言できるだろうか？　私は二〇年後の自分に自信は持てない。

きみ嫁けり遠き一つの訃に似たり　高柳重信

（『前略十年』所収）

無季の句であるが、初心の頃からの愛誦句である。心を寄せていた人、あるいはかつては恋人関係にあって故あって離別した女性がいたのであろう。その女性が、風の噂で、結婚したと聞いたのだ。ときどき思い出す程度の女性であったろうが、「あの子、嫁に行ったよ」と聞いて、おそらく作者の胸は少しざわめいた。それはあたかも遠くから届いてくる訃報のようなものに似ているのだ。女性の読者がどう思うか想像ができないが、男にとってはとても共感できる。私などは六〇歳になってもまだ幼馴染のあの子が独身でいると風の噂で聞くと、なんだかほの温かい嬉しい気持ちになるのだ。男の過去の淡き恋愛の喪失感を、「遠き一つの訃」という措辞が完璧なまでに代弁してくれている。

二〇一六年に「恋の句」を紹介する俳句イベントがあった時に、掲句を紹介させてもらった。その時に示した独善的な口語的解釈があったので、それを付記させてもらう。「ずっと好きだった昔の彼女が東京に嫁に行ったと風の噂で聞いた。それは自分にとっては一つのそしてとても大きな訃報に他ならない。自分の中で何かが死んだのだ」。

さて句集『前略十年』にはほかに〈君嫁きし此の春金色夜叉読みぬ〉〈つねに遠景　その満月と恋人は〉など多くの恋の句が収載されている。

少年来る無心に充分に刺すために　阿部完市

（『絵本の空』所収）

掲句は「少年」という存在あるいは言葉に触発されてなした作品であろうと初心の頃から思っていた。もちろん「無季」の句。少年が近づいてくる、どんどん近づいてくる。無心に、鋭く近づき、しかも充分に何かを刺すために、さらにどんどん近づいてくるのである。刺す目的というか対象が何であるかが不明であるが、これはやはり「自分自身を」「私を」と、対象はおのれ自身と捉えた方がリアルであろう。作者の「自作ノート」によると、「ある日の夕暮れ時、東京新宿の街の雑踏の中で、阿部（作者）の方に向かって一直線に進んできて、阿部のすぐ脇を擦過していった一人の少年について、阿部の五感に触れて湧き上がった気分や感じを表現したものだ」。また同じノートに「私はただ、少年という明るくて鋭く、充分に影があって、我儘無惨な存在をふとこのように書いたのだ。（中略）東京新宿の夕暮れに、私にせまり、私を貫きぬけて行く（少年）というもの」と書いている。つまりこの作者は、言葉の意味や状況や、限定性や、境涯や、認識などはすべて排除して、湧き上がる感覚、気分、衝動、発想、心象などの刻々と変化するものを俳句の言葉に定着させようとしたのだ。

この句が作られた二年前の昭和三五年一〇月一二日には、日比谷公会堂の立会演説会で演説中の日本社会党委員長浅沼稲次郎が右翼少年（当時一七歳）に短刀で刺殺される。そのこともあり、掲句は現在よりもさらにリアリティをもって多くの読者に支持されたのかもしれない。しかしながら、その現実を知らなくても十分に体感できる作品である。

その他〈ローソクをもつてみんなはなれてゆきむほん〉〈遠方とは馬のすべてでありにけり〉〈枌木にいろいろ雨のたましいもいたり〉など。

妻病みてそわそわとわが命《いのち》あり

金子兜太

（『東国抄』所収）

一読、心に残った句である。もちろん、無季。妻を持つ身で、妻を頼りにしている夫ならば誰でも共感が得られる句であろう。夫というものは妻への依存度に個人差はあると思うのだが、個人差があったとしても、その依存度は相当な比重を占める。掲句はもちろん天下の大俳人が、なんの衒《てら》いもなくて、正直で、率直な表白であるから、尚更に読者の心を鷲摑みにするのである。人間兜太がそれを露わに表白すると、存在が巨大すぎるだけに、詩的衝撃力が増してゆく。しかし例えばこの作者が普段から、奥さんの尻に敷かれて、なよなよした、はっきりいって情けない夫であったとしても、この句そのものの衝撃力は相当なものだ。その後私も兜太と同じ立場になったので言えることだが、尚更この句の重みを理解してしまう。ここで私がどれだけ妻への依存度が高かったかを詳述してもつまらない。まさに「そわそわとわが命あり」の状態であり、その頃のことはあたかもパンチドランカーのように記憶を失くしているのである。兜太とて同じだったろうと推察する。

掲句は句集『東国抄』の中の「妻病む　十七句」として収録されている。そのほかに〈妻病めり腹立たしむなし春寒し〉〈こころ優しき者生かしめよ菜の花盛り〉〈春の鳥ほほえむ妻に右腎なし〉など。妻であり俳人でもあった皆子夫人の大病は腎臓がんであった。その後四年間、皆子夫人は二度の手術に耐えて、兜太をはげますように生きている。〈茂りあり静かに静かに妻癒えゆく〉とも詠んでいる。

ところで「そわそわ」とは気がかりなことがあって言動が落ち着かないさまである。金子兜太は皆子夫人亡きあとは、「そわそわ」が落ち着いて、「泰然自若」に生きているように見える。それに比べて私は妻が亡くなったあとも「まだまだ」というか、ますます「そわそわ」と生きているのである。なお、平成三〇年二月二〇日、巨星金子兜太は九八歳で、その生涯を閉じた。

小論　俳句で何を詠むか？

――いのちの俳句――

一・はじめに

俳句は何を詠むべきであるのか？　いきなり自問自答しても仕方がない。おそらく俳句発生以来、いや発句の時代の芭蕉も同じようなことは常に考えながら作句していたに違いない。

二〇〇九年に『新撰21』（邑書林、二〇〇九年）が刊行されて、若手俳人の台頭ブームに火がついた。そのときに同じようなタイトルでシンポジウムが開催された。私は参加できなかったが、そのときの記録が『今、俳人は何を書こうとしているのか』という題で邑書林から発刊されて手元にある。

高山れおなが司会をして、関悦史、相子智恵、佐藤文香、山口優夢がパネリストとして発言しているが、その中では各自がどんなものに興味があり、どんなことが俳句として詠めるかなど、これからの俳句の詠むべきテーマがそれぞれの立場から語られている。

たとえば「詩は無である」という発言や、「アニミズムを詠む」という意見もあった。「季語を詠む」にしても自然破壊、環境変化により「季語が空洞化している」という発言もあった。また〈人類に空爆のある雑煮かな　関悦史〉を取り上げて、「社会状況や世界状況を詠む」必要性も語られていた。

「俳句で何を詠むか」という問いに何らかの答えを出すために、芭蕉は旅に出ることを選んだのであろう。三橋敏雄や鈴木六林男は「戦争」を俳句に詠んだ。初心のころは「何を詠むべきか」などは考えずに、生活周辺や季節の変化から俳句を詠むべきであろうし、そういう意味では子規の「客観写生」も虚子の「花鳥諷詠」も何を詠むべきかを間接的に回答したものといえるかもしれない。石田波郷を代表とする「境涯俳句」（人生をテーマに詠む）もひとつの答えであろう。テーマとして「人生を詠む」のであれば、当然「生老病死」も「背景となる時代」も詠みこめるはずだ。

ある雑誌で「境涯俳句」の特集があったときに、俳人アンケートで「自分の人生は平たんなものだから、境涯俳句といえるものはない」という答えがあった。同様な話を若い俳人からも聞いたことがある。たとえば正岡子規には「文明開化」という時代の荒波があり、渡辺白泉や金子兜太には「戦争」という荒波や、社会混乱や貧困という時代背景があった。現代は閉塞された時代ではあるが、ある意味平たんで「時代のうねり」が感じられない。そのため大きなテーマが見つからず、何を詠むべきかわからないという意見である。本当にそうだろうか？　たとえば芭蕉の生きた元禄時代は戦争もなく、二六〇年間の江戸時代では最も平和な安定した時代であったとされている。それでいてあれほどの名句を遺したのだ。もちろん誰しも「俳聖芭蕉」と同じようには詠めないであろう。自分の人生が平たんだから、「佳い境涯俳句」が詠めないと本当に思っている俳人がいるとしたら、私は寺山修司の「つまらない人生などはなく、つまらない詩があるだけである」という言葉を贈りたいと思う。

もう一度私自身に問うてみる。

俳句で何を詠むか?——私の答えは「いのち(生命)を詠む」しかみつからないのだ。「花鳥諷詠」にも「自然詠」にも「客観写生」にも結局その背景には「生きとし生けるもの」が横たわっているのだ。

本論では芭蕉における「いのちの俳句」と森澄雄における「いのちの俳句」について簡単に論じたあとで、私がどうして「俳句は生命(いのち)を詠むもの」であるという結論に至ったかを述べてみたい。

二、芭蕉における「いのちの俳句」

命二つの中に生たる桜かな　　　芭蕉

（「甲子吟行」所収）

この句の命ふたつとは芭蕉本人と伊賀上野の武士で蕉門の服部土芳《どほう》である。「水口《みなくち》にて二十年を経て故人に逢ふ」と、前書きにある。このとき芭蕉四十二歳、土芳二十九歳であった。場所は近江甲賀郡の東海道の宿場町である水口である。芭蕉はすでに江戸で名だたる宗匠として成功していたし、土芳は槍の名手として伊賀上野で一門をかまえていた。野ざらし紀行の旅で芭蕉がたまたま伊賀に訪れたときは、土芳は小さな旅に出ていて会うことができなかった。芭蕉が近江を通ると知った土芳はやもたてもたまらず、芭蕉のあとを追いかけて、やっと水口の宿で対面できたのであった。土芳は俳諧のためにのちに武道を捨てて、芭蕉の門人になり、「三冊子《さんぞうし》」と呼ばれる芭蕉との問答を聞き書きした俳論を残す人になるわけである。二人はお互い、俳諧を通じて魅かれあい、二十年ぶりの再会であった。まさに命あってこその再会であり、この世の懐かしさ、いのちのゆかしさなどがすべて桜に託されて詠まれている。

ゆったりと字余りになっているが、加藤楸邨は「『命二つの』ののがなければ、旧友に逢った感動が静止して、死んでしまう」と述べている。私もはじめはなぜ字余りにする必要があるのかと疑問であった。しかし声を出して何度も読んでいるうちに、芭蕉と土芳の「いのちの高揚感」がより伝わると確信した。掲句の場合は前書きがあるので、二十年来の土芳に邂逅した喜びを詠んでいることがわかるのであるが、もし前書きがなければ、この「命二つ」は詠み手である芭蕉本人の命と彼が見つめている桜の木の命を指しているとも読めないであろうか。桜のいのちも人間のいのちも同じ命として捉える。このような把握も「不易流行」や「造化に帰る」といった芭蕉の論に通底すると思われるのだ。

芭蕉が追い求めたものはタナトス（死への欲動）であり、その隣り合わせにエロス（生への欲動）があることをかつて五島高資氏が論じていたが、確かに芭蕉が追い求めた旅はつねに死と隣り合わせであった。死を経て知るのが本当の「生」の輝きである。このタナトスもエロスも表裏一体であり、突き詰めれば「生命（いのち）」に繋がる。そしてこのタナトスが芭蕉晩年の「かるみ」理念に繋がってゆくと推定されるが、ここでは「かるみ」論を深めるつもりはない。芭蕉が追い求めた俳句のテーマの中に「旅」があるとしたら、旅は人生そのものであり、生死そのものにも繋がる。

三．森澄雄における「いのちの俳句」

森澄雄は現代俳人の中でもっとも頻回に俳句のテーマとして「いのち」を掲げてきたと思う。それは澄雄自身の俳話に「いのちの俳句」へのたくさんの言及があることからも解る。ここで実際にいくつかの俳句に触れて鑑賞してみたい。

秋の淡海《あふみ》かすみ誰にもたよりせず　『浮鷗』

雁の数渡りて空に水尾もなし　『浮鷗』

億年のなかの今生実南天　『四遠』

木の実のごとき臍《へそ》もちき死なしめき　『所生』

それぞれの句に触れる前に、澄雄の作句姿勢において、重要な言葉があるので少し長くなるが引いてみる。

「僕も若い時は、気負って文学を独創・個性・孤独といった言葉で考えた。それはその範囲で正しい。だが、もうそうしたまやかしの概念では考えなくなった。総じて文学、殊に自分のかかわる短詩型の俳句を、踏跡の文学だと云って沢山だと思っている。この虚空の時間の中で、われわれの祖先は何百、何千億と生死をくり返してきた。おのれもその一人に過ぎない。そこに立って、その生死の中で彼等が見つめてきたものを見つめてみようという思いがいよいよ強くなった。」(「白鳥亭日録抄」『寒雷』昭和四二・五)

つまり澄雄は自分の俳句は「踏跡の文学」でいいと言っているのだ。「踏跡」とは先人の跡を踏むこと。つまり先人の歩いた道の跡を踏んで自分も歩き、自分の俳句はそれでいいと言っているのだ。ここでいう先人というのはまさに芭蕉であり、いま引いた言葉は芭蕉の「西行の和歌における、宗祇の連歌における、雪舟の絵における、利休が茶における、其の貫道《かんどう》する物は一《いつ》なり」(笈の小文)の有名な一節に通底する。

さて一句目は芭蕉の〈行春を近江の人とおしみける〉と通底し、二句目は〈病雁の夜さむに落て旅ね哉〉に通底する。一句目は澄雄自身は秋の淡海に居て、やはり春と同じように霞がかかり、先人と相つながっている満足感から、誰に手紙をかかなくてもよいと表白している。二句目も雁が渡り切ったあとの虚空の寂寥感を詠んだともとれるが、むしろ先人とこころを通わせている満足感が読み取れる。

三句目は人生わずか八十年それに比べて永劫に流れる悠久の時間を顧みて、その一点の「実南天」に託して詠み込んでいる。

四句目は「八月十七日、妻、心筋梗塞にて急逝。他出して死目に会へざりき……」という詞書きがある。過去の助動詞「き」の終止形の反復により悲痛な思いと慟哭が伝わる。妻の急逝への慟哭を、妻の肉体の一部「木の実のごとき臍」によって、切なく、いとしく表現している。いのちの絶唱と言ってよい。

森澄雄はその俳話のなかで頻繁に「俳句はいのちを運ぶもの」と述べている。また別の俳話では「命を運ぶと書くのが運命です。自分の人生とともに自分の命を運ぶのです。その運ぶということのなかに、自分をどう深めてゆくかがあるんです。どう俳句を作っていくかと同時に、どう人間を作ってゆくかが大事なんです」と述べ、俳句を作り、俳人でいることよりもきちんとした人間として生きることの大切さを訴えている。

また先人である芭蕉をこよなく信頼していて、芭蕉の言葉を引用しつつ「いのちを詠う」ことの重要性を述べている。《「虚に居て実を行ふべし。実に居て、虚に遊ぶ事はかたし」と芭蕉は言った。いのちを包んでいる虚（いのちの自然）が見えないと駄目なんです。》と述べて「いのちの自然」という言葉も使用している。さらに今を言い止める俳句の重要性を説いていて《芭蕉も「物の見えたるひかり、いまだ心に消えざる中にいひとむべし」と言っています。俳句は「物のひかり」で作るものです。ただ一瞬なんです。「今」を言い止めるんです。無限の時間の中にある「今」を言い止めるんです》と述べて、一瞬の今を詠むことの尊さを強調している。この思想は前述した「実南天」の句にも集約されているのだ。

同時代のライバルでもあった飯田龍太も「俳句は生命をいとおしむものであり、それに自然をいとおしむ気持ちが根底にあって、はじめて俳句の性格が生まれてくる」とその俳論で述べている。

虚子の唱えた「花鳥諷詠」にもやはり「造化にかえる」重要性が含まれており、それは「いのちの自然」を詠むことに他ならないと思われる。虚子は「花鳥諷詠とは春夏秋冬四時の遷り変りによって起こる天然界の現象並びにそれに伴う人事界の現象を諷詠する文学の謂であります」（俳句読本）と述べている。芭蕉の「笈の小文」の中の「しかも風雅におけるもの、造化《ざうくわ》にしたがひて四時《しいじ》を友とす。見る処花にあらずといふ事なし。おもふ所月にあらずといふ事なし」を縮めて言ったのが虚子の「花鳥諷詠」である。花鳥諷詠の自然観には「人間も自然の一部である」という考えがあり、「花鳥諷詠は雪月花を詠む生活感のない風流韻事にすぎない」という批判は当てはまらない。つまり花鳥諷詠も「自然界の生きとし生けるものを詠む」ことに他ならないのである。

私なりにまとめると俳句とは「いのちをはこぶ大いなる遊び」である。「俳句で何を詠むか」という問いに対しては、「風景や四季の移ろいを詠む」「家族を詠む」「愛を詠む」「社会を詠む」など多数想定されるのであるが、一番肝要なテーマは何かと問われたら、「生命（いのち）を詠むもの」としか答が見つからないのである。

四．最後に

俳句で何を詠むべきか？　という問いは俳句の「テーマ性」に繋がるわけであるが、「俳句はいのちを詠むもの」という私なりの論を進めてゆくうえで、気がついたことがある。「俳句で何を詠むか？」は結局は「俳句とは何か？」という究極の命題に繋がるのである。岸本尚毅氏は『十七音の可能性～俳句にかける』（ＮＨＫ出版、二〇一五年）という著書で、「俳句は十七音の言葉の塊」と述べている。そこには生命や、人生や、抒情といった散文的意味は一切なく、「十七音の言葉の塊」とは俳句の究極的な定義とも言える。この言葉の塊に「生命（いのち）」を吹き込めば言霊（ことだま）

と言えるのだ。したがって私の独断で言わせて貰えば、俳句とは「十七音の言霊」と言えるのではないだろうか。

●参考文献

俳句で何を詠むか？

セレクション俳人プラス　新撰21、邑書林、二〇〇九年
今、俳人は何を書こうとしているのか、新撰21饗宴シンポジウム全発言、邑書林、二〇一〇年
現代俳句上下、川名大、ちくま学芸文庫、二〇〇一年
俳句に新風が吹くとき、川名大、文學の森、二〇一四年
芭蕉全句上～下、加藤楸邨、ちくま学芸文庫、一九九八年
俳句は初心　飯田龍太俳句入門、角川学芸ブックス、二〇一〇年
芭蕉　その鑑賞と批評、山本健吉、飯塚書店、二〇〇六年
芭蕉全句、堀信夫、小学館、二〇〇四年
定本現代俳句、山本健吉、角川選書、一九九八年
新・澄雄俳話百題上下、森澄雄、永田書房、二〇〇五年
俳句百年の問い、夏石番矢編、講談社学術文庫、一九九五年
十七音の可能性～俳句にかける、岸本尚毅、NHK出版、二〇一五年
俳句燦々、森澄雄、角川学芸出版、二〇〇九年
芭蕉入門、井本農一、講談社学術文庫、一九七七年
俳句用語の基礎知識、村山古郷、山下一海編、角川選書、一九八四年
芭蕉が追い続けたもの～タナトスの彼方なる光～、五島高資、俳句現代二〇〇〇年八月号

あとがき

二〇一六年夏に、北海道旭川を拠点とする「雪華俳句会」の主宰を継承した。創刊主宰だった深谷雄大先生の体調悪化によるもので、最初の打診からわずか数か月後のことであった。少なくとも一年以上の猶予はあるだろうと理解していた私は急遽、三十八年の歴史ある俳誌の二代目主宰となった。

自分が主宰するようになったら「雪華」は、読み応えある散文の多い俳誌にしたいと漠然と思っていた。そこで、あらたに私が名句・秀句と思っている句の鑑賞文を連載しようと思いついた。初心から書き溜めていた俳句ノートから抽出した二百四十句を十句ずつ、二〇一七年一月号から二〇一八年十二月号まで二年間にわたり「雪華」誌上に連載することにした。ベースとなったのはその数年前に雑誌「俳句界」企画〈シリーズ100句選「いのち」〉の依頼に応じた時にチョイスしていた百二十句であった。それらの句にさらに百二十句を追加選句して鑑賞文を書いた。本書にはその九割程を収録した。

「俳句に何を詠むか?」という「テーマ性」の議論はむかしからなされている。人生に邂逅する生老病死や、家族愛や、境涯詠、職業詠も重要テーマだと思う。社会を詠むことも重要だ。私の職業はひとの健康や生命に携わることのため、さまざまなテーマから「生命(いのち)」を選ばせてもらった。直接「生死」を詠みこんだ句もあるが、一見、生死とは直接関係ないように思える写生句や自然詠もある。そのような句も、結局は根底では「生命」と繋がっていることを、作品の鑑賞をするうちに強く思った。初出時は気ままに選んだ十句をランダムに紹介していたのだが、今回一冊に纏めるにあたって、春夏秋冬の季節によってまとめ直した。前後関係でつじつまの合わない記載も多少あるが、なるべく加筆せずに掲載した。

冷静に読み返すと、医学論文以外で初めて連載した散文だったこともあり、熱い心情が空回りして、いささか筆力が追いついていない。ただそれも今となっては良き思い出だし、本質的な俳句への熱い思いは七年以上経た今でも変わっていない。その思いを述べる意味でも、巻末に小論「俳句で何を詠むか?―いのちの俳句―」を掲載して、本書の解説の代わりとした。是非一読賜れば幸いである。

私も昨年夏に長年の勤務医生活の定年を迎えた。できれば、十二年前に亡くなった妻と二人でこの日(定年)を迎えたかった。定年の記念として俳句で書きためて来たものを纏めたいと思い立ち今回の上梓に至った。何よりまず、本書に取り上げさせて頂いた多くの俳人の皆様に深謝したい。

また、拙い鑑賞文を立派にまとめてくれて、再構成してくれた編集の山口亜希子さんと校正・校閲をしてくれた皆様へも。そして最後に、まだ若輩の身で主宰を継承したにも関わらず、雪華誌を見捨てずに支え盛り立ててくれている雪華俳句会の連衆に、ありがとう。

二〇二三年 晩春

橋本喜夫

●作者索引●

鑑賞句の掲載ページを作者氏名の五〇音順に示す。近世俳人は俳号のみ。敬称略。

橋本喜夫（はしもと よしお）

1957年、北海道霧多布生まれ。旭川医科大学卒業。日本皮膚科学会専門医・日本東洋医学会認定指導医・専門医。98年、雪華俳句会（主宰・深谷雄大）入会。2016年より同会主宰。1999年、銀化の会（主宰・中原道夫）入会、04年より同人。おもな著書に『漢方エキス製剤処方ガイド』、『問診票の回答と主訴から適合処方をさがす漢方医学入門』などのほか、句集に『白面』（第26回鮫島賞、加美俳句大賞スウェーデン賞、第7回北北海道現代俳句協会賞）、『潜伏期』（第35回北海道新聞俳句賞）がある。

●

いのちの俳句鑑賞

二〇二三年六月三十日　第一刷発行
二〇二三年七月　七　日　第二刷発行

著者　橋本喜夫
発行者　山口亜希子
発行所　株式会社 書肆アルス
〒一六五-〇〇二四
東京都中野区松が丘一-二七-五-三〇一
TEL 〇三-六六五九-八八五二
FAX 〇三-六六五九-八八五三
https://shoshi-ars.com/ info@shoshi-ars.com

印刷・製本　中央精版印刷株式会社

ISBN978-4-907078-41-6 C0095